时间的图像

章秀平 ◢ 著

中国民族文化出版社

北 京

日常的有味，或深刻

文 / 戈悟觉

有更多休闲时间的当下，常有人喟叹生活无趣、无聊。这个"双无"现在是世界性的问题——至少在文学作品中是这样描绘的。你在某种情境下、某个年龄段，也许会认同。生活原本就是日复一日、年复一年，活着活着就消失了。不啻人类，还有动物、植物，甚至山川。

于是需要文学。留下记忆，留下思念，留下肉体、精神的踪迹，留下寻寻觅觅的情愫。一个人、一件事、一个名字，没有写下就不复存在。

我阅读秀平《时间的图像》时这么想。她呈现的和没有呈现的，有我们对日常生活的共同的想象空间。

早在几万年前，非洲人的洞室里，便有日常生活的壁画。据估计，地球上已有一千一百多亿人死去。生老病死，七情六欲，他们过的是日常生活。我们活着不是为了丰富这个世界，而是用我们的日常生活取悦自己。人是平等的，没有人不是普通人，没有可以脱离日常生活的人。

比如"天子"——中国皇帝，一登基便造陵园。无一例外。他们知道自己不是天之子，活不到"万岁万万岁"。中国两千多年的王朝，有过四百多位皇帝，平均寿命39.2岁，平民寿命37岁。这相差的2.2岁可以不计，因为有太多平民百姓家的婴儿夭折。"竹影横窗知月上，花香入户觉春来。"这副清雍正皇帝自撰的对联，是皇宫日常图景。百姓也是这般风光。

《时间的图像》写的是日常生活。日常生活是奔流不息的流沙河，从中淘出金子，需要目光敏锐，需要耐心和细心，需要捕捉、把握、拿捏分寸，不容易。秀平把散淡的日常生活写出了精彩，这是作家的才华。她在向日常生活致敬。

《童年的年》是一幅温州年俗图谱。我年长，本来应该是我讲给她听，可我却读得津津有味。种种趣闻浮现，明白自己是温州人。这种文字，视频不能取代。她写校园保安，一位沉默寡言的中年男人，在校园里独自闻花，许是沉醉，许是痴迷。（《三月花开》）她写《菜场》，菜市场有什么可写？"菜场是一条河，流动着活色生香的片段，挟裹着热气腾腾的烟火，扑向那琐碎而具体的时光，带着你，也捎上我。"我平时几乎不去菜市场，节假日被太太拉着去也是站在门口等着帮她提东西；看来不应该在门口，至少要站在窗口。这里有人生百态。《恋衣记》是秀平写得特别用心的文字，写出了她喜欢的张爱玲的感觉和趣味，写出了女性的共情，来自女性的天然的细腻和体切。

"知道我为什么赖床吗？因为没有想明白今天该穿什么衣服……参加一个简单的聚会，本是无足轻重的几十分之一，却郑重其事得如走红地毯的女主。女人关于衣服上的忧伤与喜悦，只有女人自己能够懂。"不过我每次遇见她，她的衣服标配总是单色，红上衣黑裙子，或是黑上衣白裙子。大概因为她是学校教师……

我和她在博友群里认识。喜欢她的文字，淡雅、轻盈。后来知道她是教师，她说，她写作只为教学需要。低调，谦卑。她向我提了一个教师式的问题："您上高中放弃数理化，怎么能考上北京大学，还是中文系？"答案是规定性的：那年（1955年）大学文科不考数理化。无所谓冒犯，只是问得唐突。出发点是质疑，但态度是坦诚的。后来发觉她是位冲淡、平和的女士，并不咄咄逼人，而且善于倾听。在她的散文集《深处的印记》品读会上，她邀请我做嘉宾。我又有新发现，她处世周全，又长于思考。她应该在文化哲学上有更多、更深的涉及。于是向她推荐卡西尔的《人论》。

德国哲学家卡西尔是当代最重要的哲学家之一，文化哲学的集大成者。后来她告诉我："书买来了，没看完。"笑了笑，又说，"看不下去。看不懂。"我也笑了笑。

她没有不懂装懂，更没有撒谎。这本书是卡西尔在美国给大学哲学系授课的讲稿，没有对哲学史和当代哲学热点的了解，的确难以卒读。

现在我想向她推荐阅读奥尔加·托卡尔丘克了。波兰女作家，2018年诺贝尔文学奖得主。我一向主张，带学生主要的事是针对性地介绍读物，一起交流和学习。托卡尔丘克倡导写作日常生活、平常的人，倡导文学是"温柔的讲述"。

托卡尔丘克说："文学正是建立在对自我以外的每个他者的温柔和共情之上""温柔是爱的最谦卑的形式""写作时，我必须感受自己内心的一切。我必须让书中所负的生物和物体、人类和非人类、有生命和无生命的一切事物，穿透我的内心。每一件事，每一个人，我都必须非常认真地仔细观察，并将其个性化、人格化"……

托卡尔丘克的作品有着心理学的深度。日常生活中、教学工作中，处处需要心理学。她在大学学的是心理学。文学从本质上说是人的心理的观察、分析和表述。

我想，秀平会喜欢的，她有资质、阅历、素养。从这本书便能看出。

日常生活是永远书写不完的。生活和人有如满天繁星。星星没有名字，却不息不灭地闪烁着，装饰着不老的夜空。

（戈悟觉：一级作家，教授，文化学者，曾任中国报告文学学会副会长。）

2020 年 10 月 2 日

目 录

第 一 辑

第 二 辑

第 三 辑

第一辑

童年的年

母亲撕去鲜红的"初一",在手心里揉成一团,感叹道:只剩一个月了,这一年又被拿走。

挂在墙上的日历,从年初的厚厚一大叠,只剩薄薄几页了。纸片左下角微微向上卷起,好像轻飘飘的日子,轻轻一吹,便消失得无踪影。

那时候的天空不像现在,迷迷糊糊,朦朦胧胧。它是明朗的、干净的,清清爽爽、四季分明。夏的炎热,没遮没拦,直将地面晒出纵横交错的裂纹。冬的干冷,伸手可触的每一寸空气都是丝丝蚀骨的冰。进入腊月,天气更冷。田野、山原、枯草、顽劣孩子、墙角的老人,全都缩成一团,凝固在寂静的深冬。

欣欣然,首先苏醒过来的是屋后的一块捣臼。捣臼上宽下窄,四四方方,摆在后院草丛里,已整整安静了一年。雨天积水,秋日攒叶,只为迎来年终将至时那几天的狂欢。

腊月也是闲月,前门后院招呼几声,大家伙儿帮工捣年糕的日子便定下来了。捣年糕第一步是先将加工后的米粉倒在蒸桶里蒸煮。米粉得是粳米和糯米按照一定比例掺兑，这样做出来的年糕既蓬松又有嚼劲，口感极好。蒸熟的米粉冒着热气，父亲双手托起蒸桶，一路狂奔，冲向屋后的捣臼。桶底朝上，翻身一投，一团米粉就妥妥地落在捣臼正中圆圆的凹槽里。他身后那一闪而过的路径里，热气还在半空中悠荡。

捣臼边早有举着石杵的搭档，邻居或是族内堂兄伯叔们。捣臼清洗干净，深凹下去的臼心欣然开怀。冒着白烟的米团刚沾到臼底，几十斤重的石杵就结实地落在米粉团上。接下来便是两人默契配合的一举一摁。石杵高高举起，轰然砸下，米粉团显出一个松软的坑。石杵不紧不慢地收回，举高。父亲紧抓这几秒钟的空隙，手蘸清水，弓身下行，一手拍在石杵上，随机摁在粉团边缘。被一杵砸开的米粉团瞬间又聚拢来。举起，锤下，加水，聚拢……仰俯之间，一高一低，一进一退，节奏稳健，进度适宜，每一个动作都恰到好处，绝无半点多余，俨然是一段排练多时的双人舞蹈，浑然天成。米粉团逐渐变得光滑、细腻、浑圆、黏稠……劳作可以这样美！我看得发呆。

堂屋正中央摆上圆桌，红红的桌面，亮堂堂。侧旁靠墙边架上一块木板，两尺来高。木板先用清水擦拭干净，再在板面上撒一些猪油，泛着亮光。父亲在手心里蘸上猪油，呵一口气，双手交叠着揉搓翻滚几下。抓一把米粉团，在两手间来回颠送，一股热气与清香弥漫开来，在手腕、胸间翻腾。将米团在木板上按、揉、搓、捻，放在糕模里一摁，一条精致有型的年糕便跳了出来，龙凤呈祥、年年有余、花开富贵……父亲的一双大手，黑红、滚烫、光滑又灵活；他的脸生动而快乐。

年糕被一条一条摆放在铺了桌布的圆桌上。晾上几天，母亲便将它们都收拾起来，用清水浸泡在盆里、缸里。年里年外的餐桌上，炒年糕、煮年糕、蒸年糕，寓意一年比一年高，一直可以吃到来年二三月春暖花开时。

此时，门口经过的邻里乡人便会驻足，进来聊上几句。父亲抓一把糕团，塞在他们手里：尝尝，尝尝。他们也不客气，一边撕扯着糕团，一边评论着：嗯，不错，米好，黏度也刚刚好。

遇上大晴天，便要掸新了，向来男主外女主内的规矩也在这时被打破。从不沾家务的父亲也会动手一起做。那些要搬动的、爬高的重活多由父亲承担。拆洗，擦拭，扫除，清理……挪移了位置的家具，充满了欣然春意。我在湿漉漉的地面上踢踏踢踏地走来走去，好玩。

接下来就是送灶神的二十四夜了。北方各地称为小年，有些地方是在农历腊月二十三。那天晚上，母亲在灶神像前点上两根蜡烛、三炷香，摆上瓯柑、芝麻糖、花生果之类的供品。一年四季贴在灶台上的灶神像早在烟熏火燎中面目全非，此时也笑盈盈地煞是体面，烛光映照下的圆盘脸颊上像涂了腮红。母亲说，灶神今晚上要到玉皇大帝那里去。让他吃得越甜，自然会多多美言。我靠在灶台边沿，看着烛光盈盈，等着供品下线，心有纳闷：灶神爷哦，你也这么馋嘴，几块糖果就被收买了？

祭灶神完毕，母亲便将供品分成几份，其中一份让我提着给爷爷奶奶送去。爷爷奶奶住在不远处的老屋里。天色已暗，小小个子的我要走过几条路。若在平时，那是够吓人的。可因为小年夜，家家户户门前一些橘红灯光溢出来，涌在暗夜的小路上。那几条小路不觉得长，也不觉得暗，只觉得世界充满了欢乐而亲密的气息。

奶奶一定是在门口等着了。她欢喜地接过我手中的糖果，转身又从箱柜里掏出一些零食塞在我手里。现在想来，奶奶哪里是惦念糖果，只是在意这样一种仪式吧。羞于表达亲昵的乡土中国，我在那条小路上来来回回地奔走，便是传递着成人世界里含蓄又羞涩的关切与亲情。

越近年关，天气越冷，学校放假了，田地也彻底进入休眠状态。路上奔跑嬉戏的顽童、村口路亭里闲坐的大人们也越来越多。隔壁邻舍的大婶大妈们，忽然变得阔气又豪爽，提着大包小包，忙着采购年货，安排分岁酒，给孩子们发压岁钱。偶尔不知哪里冒出来的爆竹声，吓人一跳，忽而又释然。空气中弥漫着一股浓烈的火药味，欢喜撒野的味儿。

大年三十除夕夜，在等待中缓缓走来，像一幕剧本的高潮。盼着它早点儿来到，又淡淡地失落着它终于来到。这时候，我最惦念的是"点岁灯"。平时父母治家节俭，自然决不允许有丝毫浪费，比如晚上的灯火，更是适量使用。煤油灯时代，灯随人走。用电线电灯了，照样人走灯关。到了晚上，几间屋子到处都黑洞洞的。所以每到晚上，我便觉得世界就缩成豆点灯火那么大，紧贴在母亲身旁。她在厨房洗刷锅碗瓢盆，我着贴灶台边。她在缝纫机边缝补、方桌前刺绣与串花，我便端张凳子依在余光里看书写字。那小小的煤油灯是我全部的天。

除夕夜，是可以任意点灯的。夜幕降临，母亲拿出一堆蜡烛和几根长相周正的红萝卜，摆在灶台上。她将红萝卜横着切成一个个小圆盘，我便将蜡烛底部插在萝卜片上。点上灯火，摆在家里每个角落。厨房、卧室、堂屋、檐头下、道坦里自不必说，就连谷仓、水缸等地也不落下。点点灯火，掀开了那些神秘的角落、神秘的夜。我在一个一个房间里穿梭，自由地行走。黑夜变得很友好。

走出家门，前后左右邻舍都是亮堂的灯光，都是欢喜的模样。耳边爆竹声不断，夜空开满了烟花。直到深夜十一二点才疲惫落幕，倦倦地收场。母亲会将日历上的最后一天留到夜深，再郑重撕去。她感叹道：一年又被拿走了。

一个"被"字用得好啊！谁能告诉我，这是被谁拿走的？四周空荡荡，无人应答。

第二天，不必太早起，全世界都婴儿一般地沉睡。临近中午了，门口小路上才陆陆续续有人走动的声音，相互招呼问候的声音：那是七大姑八大姨来拜年了。一身新装，一身体面，提着礼品揣着红包，笑盈盈地走过。走街串巷，走亲访友，杯觥交错，日子就这么一晃，便初十开外了。

元宵前夕，正月十二三晚，常有舞龙灯。从村头到村尾，每户人家大门敞开，灯火通明，堂屋正中摆上香案。案头十二碟，各类香烛供品，暖洋洋，喜洋洋。任是高门大院，还是破落门第，都会得到隆重对待。我家在村里当中位置，轮到时常在夜十一二点。看着那边的舞龙队在一家一户地靠近，这边父亲和哥哥们便开始准备了。在道坦门第左右两边摆上两叠稻秆，适时点上"火塘"，鞭炮、百子炮噼里啪啦。锣鼓喧天，唢呐齐鸣，年轻的舞龙灯队员们以排山倒海之势奔涌而入。忽而一条长龙肆意飞跑，忽而扭动身躯卷成一团百媚千娇。如此这般，再浩浩荡荡向着屋内奔去。仅是方寸之地，也能舞出个大气磅礴。主人家笑逐颜开，顿觉满堂生辉，好像看见了安康四季，风调雨顺。

舞龙队向着隔壁邻舍奔去，越去越远。我们也倦意重生，收拾门楣，熄灭灯火，上床歇息。睡意蒙眬中，还能听到锣鼓鞭炮声在夜色中隐约回响……

又是一个年关至。父亲坐在藤椅上打盹儿，屋外天空和母亲头发一样灰。祖辈绵延生息的乡村成为再也拿不出手的往事。曾经熟络、客套，也曾龃龉的邻里乡人像一副打翻的棋盘，四处散落。捣年糕、祭灶神、点岁灯、舞龙灯，都成为褪色相片。我怀念童年的年。那时候，我的父亲母亲，都还年富力强、矫健硬朗。

童年·冷冬

又一波寒潮来袭，空气中迷茫着一层薄薄的冰冷。初春暖意本就是脆弱的丝线，小心翼翼的试探瞬间土崩瓦解。在三月的阳光里，本已很显笨重的棉衣，今天又添上身，仍觉得轻薄得如蝉翼。

伴随着冷风，是滴滴答答、没完没了的冷雨。一夜之间，校园后花园的白玉兰花瓣碎了一地，稀疏几朵颤立枝头，瑟瑟发抖。下午三点十五分，下课铃声刚刚响起，校门口的电动伸缩门随之敞开，翘首聚集在门外的家长一下子汹涌进来，花花绿绿各式雨伞向四处散开。雨中校园，本是安静冷清，瞬间遍地开花，就如一夜盛开的春天。与早上相比，气温似乎还在一个劲儿地向下滑，等在门口的家长一定焦急又懊恼：怎么会这么冷？早上给穿得太少了！

不知道今天校园中的每一个孩子，是不是都能在放学一刻，迎来御寒的棉衣与遮雨的花伞？面对这蜂拥而至的温暖，被遗漏的那个孩子，该是感到怎样的寒冷！

我的小学坐落在老家村子的西边一角。一座大礼堂，两边各三间教室，向南砌起一面高高的围墙，中间形成一个四四方方的小操场。站在操场中央，转身面向白墙，一行红色标语特别醒目：教育要面向现代化，面向世界，面向未来。全校师生从右侧一扇小门进出——那是全校唯一的出入口。站在门口，全校格局一览无余。似乎从来没有人想过什么消防安全问题，倒是有小偷小摸进入，一个瓮中捉鳖一举搞定。校园空间逼仄，却让童年心灵深觉安全。

记忆中，小时候的冬天总是特别冷。穿着母亲手织的膨体衫、绒衫，一件套一件，仍觉得冷。跺跺脚、搓搓手、哈哈气，取暖办法轮番使用，根根指头仍冻成冰棍儿一样，无法弯曲。勉强握住铅笔，一行字在本子上仍哆哆嗦嗦冻成一团。所以，课间我们常玩一种叫作"嗨哟阵"的游戏。一群孩子贴在一起，向着教室的一个墙角推挤，齐声呐喊"嗨哟""嗨哟"，一直挤到再无空间，然后一哄而散，笑声与暖意四处散开来。

上学路上，小溪里到处都结着冰块，在冬天阳光中闪闪发光。比贪玩相比，寒冷算什么，我们小心翼翼地掂着溪坑里那些坚硬尖锐的小石块，探身下去，伸手抓住一块冰，用力一掰，"咔嚓"一声，一大片冰块应声崩裂。冻得通红的手指也并不觉得冰块有多冷。蹦跳着举着冰块跳上岸，在路边找来一根细细的稻管，对着冰块一角用力一吹，溶出一个小洞。再将稻管绳穿过小洞，打一个小结，提着冰块，摇晃着去上学，一路引得伙伴们惊羡目光无数。当然，冰块还能怎么玩呢？提着走上一段，冰块带来的快乐渐渐暗淡，反而徒增一种负担。待身边伙伴的好奇退去，寻个时机，用力甩出，一声"啪"响清脆，冰块瞬间崩裂，切开满地阳光，瞬间感到一种莫名的喜乐。若是能将冰块偷偷塞进一小伙伴的脖子里，看对方双脚弹跳，哇哇大叫，便是乐趣的最高潮了。

教室不大，前前后后也有几扇格子木窗户用来透光。窗户大多没有玻璃，糊上一层透明的塑料布、报纸，或是干脆就一眼望到底地洞开着。跟窗户差不多狼狈的教室的木板门，没有油漆，原生态地裸露着肌肤，有的上半部分空缺着，仰头可以遥望天空；有的下半部分空缺着，孩子身子一缩，就能轻松进出。坐在教室里，上课走神，痴看那扇门，脑海中常常冒出背诵过的句子：为人进出的门紧锁着，为狗爬出的洞敞开着。北风一来，穿堂而入，环教室一周，寒意四起。北窗的窗户纸分外起劲地"呼呼"响，让人感到分外沮丧。不仅是阵阵寒风，它还时不时地提醒你：这真是一群无可救药的熊孩子！

教室里与室外一样冷。要是遇上晴好天气，老师便叫孩子们将一张张年代久远的木书桌抬到操场上，坐在阳光里上课。我们朝着太阳，老师背对着太阳，读课文、做练习、测试卷，阳光暖洋洋地爬上了那些陌生的题目，映在鲜红的钩钩叉叉上，冬天便也有一些不一样的快乐了。

下课了，老师们从办公室里拉出一张小长凳，坐在操场上，看阳光铺在脚边，爬上双腿，洒满后背。那些没能在阳光下上课的老师，早已经在教室里委屈了四十五分钟，此刻更要将阳光狠狠地补上来。他们闲聊着、说笑着，一副天长地久的样子。我们便也放心地在操场上、校门口，甚至向更远的田野里跑去。直到大汗淋漓、气喘吁吁地跑回教室，能想得到的游戏都玩过了，无所事事的空虚与不安隐约上扬，忍不住惦念起那上课的钟声了：怎么钟声一直没有响？转身看看，老师们还在操场上，垂着双腿，晒着太阳，说着闲话。

那时不知有没有天气预报，冷风冷雨常常不期而至。阴冷的午后，滴滴答答地落着雨，下午第二节课特别漫长，老师的声音飘飘忽忽、若隐若现，心思神游，期待意外。一会儿，教室那扇缺了牙的木门被推开，出现一张陌生的脸孔，手里举着一把黑雨伞，"某某，给——"那给叫到名字的同学，从位置上一跃而起，获得特权一般，在一团嫉妒羡慕的目光注视下，理直气壮地绕过讲台，跑到门口，接过雨伞，转身傲然归位。不一会儿，糊着报纸的木格子窗户洞开一角，又出现一张陌生的脸，在那里探头探脑地张望着，又有一个幸运儿上演了令人羡眼的一幕。

每一次，我很认真地张望，很认真地辨认，很深切地沮丧——都是与我无关的一张张脸。好几次，我冒着雨，气呼呼地冲进家门，夸大一路的狼狈，暗示其他同学的优厚待遇，似乎都没有引起母亲对孩子照顾不周到的反思。在她看来，让孩子奔跑在雨天里、寒冬里，真的算不了什么。

今天的校园，窗明几净，温暖舒适，冬天再冷也无妨。突如其来的寒潮或是冷雨，倒让教室里走廊上洋溢着一种节日般的新奇与愉悦，抱着棉衣夹着雨伞的家长，还会引得枯坐教室的孩子们期待吗？

回家，回家！

周末去学校接女儿回家。

我站在宿舍门口，玻璃门紧掩，门里是楼梯口的平台，二十多平方米。平时空荡荡的空地上整整齐齐摆着几十上百个行李箱。红的、黑的、大的、小的，颜色不一，造型不一，好像机场、动车候车厅的场景。一只只行李箱相互依靠，踮脚张望，似乎随时准备被一只匆忙的手急切拉起，拖上就走。

我很纳闷：这里怎么会有那么多行李箱？身后走来一位妈妈，她探头扫过玻璃门内场景，笑了：这些孩子！可能是五六楼的，上楼下楼麻烦，中午就直接带下来，下课后可以拉起行李马上就走。

真是这样的吗？上下楼也就几分钟，周末回家需要那么急切吗？

周末回家真有那么急切！眼前一幕，倏忽点开沉浸到岁月底层的记忆，哗啦啦涌了上来。我不就曾经是这样的少年吗?

那时我十六岁,从未离开过家的少年,第一次要到远在几十公里外的城市求学。平时住校,周六中午回家,周日下午回校。从周日到校开始,我便巴望着周六的到来。每个周一早上睁开眼,想想那遥不可及的周六,恨不得有一双神奇之手,直接将日历从周一拨到周六。好不容易挨到周末,周五晚上就开始兴奋,在寝室上下铺之间上上下下,摸摸索索,整理第二天带回家的物品。塞上满满一个包,还要四处搜罗,担心落下什么,好像从此结业不再回了。

第二天一早,一手抱着书,一手拖着行李箱,"卡啦卡啦"走在校园小径上,引得学长们阵阵侧目。将沉沉的行李包拖进教室,摆在讲台前的一片空地上。勤勉敬业的文选老师,花白头发,一副金色边框眼镜常常滑到鼻尖上,他能小心避开鼓鼓囊囊的行李包,嘴里絮絮叨叨着"王昭君出塞"的社会、历史、文化的一长串意义。我常从声情并茂的朗读中抬起头,撞见那些沉默呆立的行李包,有种瞬间出戏的喜感,不知身在不食烟火的课堂,还是旅途劳顿的站台。

文选课、语基课、物理课、化学课,每一位老师都极富教养地与课堂中一堆外表安静内心躁动的行李包和谐周旋、相安无事,直到熟视无睹,度过愉快的四节课。

"呲——"一阵类似磁铁划过钢板的声音,教室里响起世界上最悦耳的下课铃。我在一群周末不回家的同学惊诧的目光下,整理文具,拉起行李,冲出教室,奔下楼梯,挤出校门。他们三两结伴，悠然走出教室，往食堂用午餐。
我正往左拐，穿过一段百米长的大马路，向客运中心走去，
那里停着回家的班车，班车尽头有我的午餐。

　　说是客运中心，也就是从左向右、从右向左两道墙，
围上一片烂泥巴的场地。站里零星停着几辆中型客车，造
型类似于发酵过头的面包，俗称面包车。车轮四周溅满泥巴，
就像农民伯伯刚从泥地里抬起的高帮雨鞋。它们一般都是
私人承包营运，发车到站也没个准点，车站里有时挤着一
大堆空车，像嗷嗷待哺的孩子；有时等上个把小时也不来
一趟，凭你抓耳挠腮焦虑不堪，仍如风筝断线杳无踪影。

　　运气不错，刚到站头，就见有空车等候。找个空位，
安稳坐下，从此山高水长，离家又近了一步。车内陆陆续
续上来乘客，陆陆续续车厢满了。下一辆车子已经进站，
我们坐的车实在不好意思再赖在车站里拉客，只得不情不
愿挨出车站。

　　车门敞开着，摇摇摆摆地驶出车站，在马路边上仍是
一步三回头，走走停停。售票的一般都是三十岁左右的男子，
有着胡子拉碴的黝黑脸庞，腰上缠着一条黑色粗纱布的腰
包。鼓鼓的腰包里，标价不一的车票、面额不一的钞票。"咔
嚓"一声，打开；"咔嚓"一声，合拢。一双粗壮大手进
进出出。得空，他常一手拉着车门，半个身子探出车外，"温
州，温州，马上就走，马上就走。"见路边有意坐车的客人，
就像家猫遇见老鼠，不由对方细说，拉扯，催促，塞车厢。
车里的人呆望着窗外，或木然看车门"哗啦"一声，又拉

扯上来一位。这个"马上就走"已被他喊了上百次。

待车子坐满，以为司机从此就该心满意足了。错了，售票的一伸手，从一张张座位底下，拉出红的、黄的塑料小方凳。那些巴掌大的方凳，在走廊里一字排开，又可以拉上一片客人。这些客人，缩着身子，蜷着腿，没有敏捷柔韧的筋骨是完不成这个高难度姿态的。

车子在城市周围磨磨蹭蹭，但终于还是出了城，上了国道线，迎来一段空旷的马路。马路两边都是静默的楼房，既无喧嚣的叫卖，也无急切的赶路人。自此，车门"哐当"一声合拢，司机用力一踩油门，车子就像脱缰野马，奔向辽阔草原。这时离我冲出课堂，大都已过去近个把小时了。当初那兴冲冲的劲头早在摇摇摆摆的车厢里消磨殆尽了。过午还未食，肚子也抗议了。

回家路程正常车速需个把小时。但实际上，我住校三年中，那段道路总在常年翻修中。有时养护，有时拓宽，有时剖开路面埋电线、水管、通信设备，有时也就看不明白是为了什么了。总之，那条路很忙，拥堵，颠簸，坑坑洼洼几乎是常态。这辆不大的面包车，就像是大海上的一叶扁舟，忽而跳起，有时又猛地跌落。有时突如其来的一阵弹跳，瞬间将坐在椅子上的乘客颠落地面，或是头顶蹿天，磕在车顶篷上。乘车成为危险系数极高的一件事，曾听说有坐在车后排而被颠成个腰椎间盘突出的。听起来像个笑话，想起来很是荒诞。

经历一路颠簸，站到家门口，都已斜阳西沉了，少年的内心第一次体验到生命的沧桑与悲凉。还好，饭菜虽凉，母亲还在，老家还是原样。

这样的回家路，每周要经历一次。每坐一次，心中也是懊恼一次：以后周末还是在校吧。可每到周末，似乎又忘记了上一周旅途所有的累。前一个晚上又开始爬上爬下地整理行囊。第二天一早，拖着个行李包，摆在讲台边空地上。待第四节课铃声响起，即刻冲出教室，挤出校门，向着那辆熟悉的面包车走去……

少年长大，有了自己的家，少回只有父母的老家，也渐渐淡忘了当初那份回家的渴望！

老妈的爱好

我将车子停在门口，透过车前窗玻璃，见屋内有陌生女子的身影在晃动，心中纳闷：年过七旬的老父老母人际关系除却家人、几位熟识亲友，还有谁？

父亲一如既往坐在门口藤椅上，屋内两女子挤在里屋与母亲对话。母亲听到我的声音，忙走出来。她说，我也不懂哪，我也不懂哪。

两个陌生女子，一高一矮，跟着走了出来。我问：什么事情啊？

矮个女子说：我们想给你母亲这里安装一个机顶盒，免费的，不用钱。

还有多少营销创意不用"免费"的坑？可是，"免费"二字还是万金油，几乎一试即灵啊。

电视对母亲来说很重要。但有线电视几十上百个频道换来闪去、争奇斗艳、勾人心魄，她只忠心耿耿于《百晓讲新闻》。每晚两时段，六点、九点，风吹不动，雷打不动。

哪天要是接收出了故障，没了《百晓讲新闻》，到点就是一段坐卧不安的煎熬。

她眯缝着一双老花眼，对身边所有电子产品充满好奇与莫名的恐惧。摆弄这些玩意儿，勤苦一生的双手，笨拙而费劲。所以，我要研究的就是将凝聚科技智慧的产品功能大刀阔斧地做减法，直到转为简单的傻瓜机。比如说电视，认准遥控器上一个红圆点，按下，开始《百晓讲新闻》；再按下，关闭。

她还喜欢听温州鼓词，什么《高机吴三春》《龙凤宝钗》，翻来覆去地听。听一次赞一次：唱词先生的本事真叫好啊。那么长的故事，不错一个词，不断一句话，连着几个钟头讲给你听。听鼓词的她是满足而快乐的。

镇上有家专卖各类影视剧流行音乐光盘的音像店。店主夫妻俩，男的修长秀气，总是笑眯眯的，在一排排货架间转来转去。坐在柜台前收银的是他老婆，身材矮胖，一张圆脸，布满了点点雀斑。小店从一开间到两开间，从录音磁带到光盘音像，四大天王、中国好声音，一路蓬蓬勃勃地长大转型。母亲想要的温州鼓词，也有靠墙立面柜子一大片，租或买都行。母亲听不来历史正剧大事记，她最喜欢家长里短婆婆媳妇小姑子的"人家戏"，并从中整理归纳人生道理、处世哲学，常常突发感慨：做人哪，一定要……

节俭一辈子的她，将钱花在最无用的事情上就是买鼓词光盘了。有一天，她对我嘀咕着：咋呢？鼓词这类光盘居然买不到了。那天，她在小镇街头转悠，走过来走过去找了好久，也没有那家熟悉的音像店，还有女掌柜的黑胖圆脸。一问，才知眼前这家装扮得光怪陆离的理发店，前身就是卖光盘的。她在理发店门口立了许久，门框边两根三色柱无休止地旋啊，旋啊，炫得人头昏。

我在某宝上搜了一圈，居然无影无踪，可见光盘这东西要在人世间彻底成为过去式了。她很失落，仅有的几个老故事重复了又重复，表面划痕斑斑。念佛经、看"百晓"，终究还是单调了些。在空旷的时光里，还是会念叨：唱词怎么会买不到了呢？

有一天，她忽然对我说：你给我买个那样的手机吧。我看两三岁小孩都拿着手机划过来划过去，难道我就学不起来吗？再说了，隔壁阿凤妈比我年龄还要大，都能拿着手机接电话、打电话，听说还可以听鼓词，我会这么笨吗？

于是，我给她买了一部智能手机。她拿着光溜溜的手机，翻来覆去地看，像个好学的孩子，谦虚地问这问那。所有功能只需一个微信，微信里也只留一个置顶的订阅号：温州鼓词。这样，她的空闲时间就丰富起来了。一天到晚，除了"百晓"，又有了温州鼓词。还可随身携带，烧饭做菜都不落下。小小手机斜靠在餐桌上，伴着猪油下锅的滋滋响，琴鼓梆锣叮叮咚咚，琴师拖长的尾音咿咿呀呀，抑扬顿挫，诉不尽婆婆妈妈的冤屈与欢快。

有一次，她坐在我身边，悄悄地问我：你说这个手机还有什么用处啊？就这样让我拿着玩玩吗？她不能理解，并且心有不安：这世间还有人专门发明一样东西供人娱乐，总该有点什么实用价值吧。

我笑了：当然是有用的啦。

可是很多用处在一个老年人的世界里只有徒增烦恼，不要也罢。

所以，这矮个女子说的什么机顶盒，即便免费，对于她来说，也是一种干扰啊。

两女子胸前挂着一个牌，粘贴着照片单位名字，卫生院医生。我纳闷了：医生怎么会到老人家里来推销机顶盒呢？

高个儿的举着手机转到门口在高声接电话。矮个儿支支吾吾：这个……我们和有线电视的一个协议呢。我们有任务……她含糊其辞，我懂了大概。这脑洞大开的时代！

我笑了笑。理解的。大热天的，穿白大褂的医生不在诊室里坐诊，却要在各家各户老人家里转悠，也不容易。

我向她解释，一是母亲基本不看电视，二是操作都有困难，要是遇上失误，没了她的"百晓"，我还要连夜赶来给她补课。

她忙解释道，这个操作也很简单的，只用按一下"OK"键就可以的。我懂得，你以为的"简单"与老人世界的"简单"根本就不是一回事啊。

卫生院的医师，每个星期都会定时来村里给老人们量血压、测血糖什么的。母亲看着她们离开的身影，很是歉意：真是不好意思。她们也是好心哪。

我笑了。因为那么多的"好心"，厨房灶台上已经积着一堆药材。她说，这些是东洋参，前日有个妇人提着大篮子来卖，大热天的，不容易。她还举起左手，手腕上一串米珠：这是上周一个年轻人骑着摩托车来卖，说是戴在手腕上，就可以去除腿脚酸痛，降低血压、平血糖。她又拿出一包眼贴，这也是那个人推荐的，据说可以清神明目。

坐在一旁的父亲插话：都是你自己，什么都要买。他们个个都找上门来了。这些会是真的吗？

我拿起那包明目贴，轻轻薄薄一小片，包装上蓝底白字，还显清爽。可是，大药房、大医院尚且难免有假货，这些来路不明的药材、药品怎敢使用？

听我这么说，她犹豫着：那你说，这个就不要用啦？

"你不知道哦，那个后生口才真叫作好啊，一口一个阿婆、阿婶，围着一圈人都听迷住了。"她拿着药片，"大家都买了啊，个把小时，上千块收入。"

"不过，一转身，后生就骑着摩托车不见了。"她低着头翻看着药片。

那些来无影去无踪的"推销员"们，慈眉善目地出现在农家大院里，拉着家常，说着闲话，编撰着身轻如燕、返老还童的故事，甚至让我的母亲们觉得不买就辜负了人家一片好心意。

老年世界里，除了太贫乏、太良善，是不是还太寂寞哦？

第 26 床

掀开隔帘，护理床上躺着一位男子，条纹病服，瘦高个子，面向窗户边，直直地僵卧着。匆匆扫过一眼，没看清他的脸，只一头乱发黑白相间。

窗户下横着一张行军床，一位女子盘腿坐着，正在打电话。床尾靠椅上趴着一个男孩，十五六岁的样子，手里捧着手机，屏幕一亮一亮的，"嚓""嚓""嚓"……伴随着一阵阵爆裂声，男孩沉迷在游戏的世界里。

女子抬起头，圆脸，大眼，一头乌黑长发随意用橡皮圈扎起来甩在脑后，碎花短裙。二十多？三十多？看不出年纪。

"你们家的也是脑梗吗？"看症状和我母亲非常相似。

"脑溢血，医生说左脑部分血栓已经爆裂开来，把旁边的……"女子有着大嗓门，一长串的专有名词和起因经过结果的形象病情描述听得人胆战心惊。我忙转移话题，仓促间直觉疑虑便脱口而出："他看起来年纪挺大了，是你的……"看三个人的样子，我实在难以推测之间的关系。

"他是我老公。"女子却干脆利落。夫妻间年龄差距那么大？不常规的组合常有不得已的故事。我有些尴尬，忙打住自己的好奇。

这是市医院康复科室，13层。病房宽敞，朝南，窗外视野开阔，空气清新，是康复的好地方。房内两张床位，我母亲在25床，靠内。男子26床，靠窗户边。进入医院，姓名、性别、职业、年龄、性格、爱好……统统隐去，床号便是他们全部代号。

进入康复阶段就要开始做好持久战的准备。每天来来回回，一个病房里的朝夕相处，共同遭际也让我们有很多共同话题。

其实，剃成光头后的男子并没有那么苍老，皮肤白皙，面目清秀，浓眉大眼。女子说，他们是江西人，在附近一家服装厂打工。老公也只有四十四岁，有高血压。平时吃药不太上心，大多在路边药房里买，也不管效果好不好，总归觉得自己已经吃过，算是对这个身体有个交代了。吃药时间也不固定，有时上午，有时中午，上班一忙起来干脆就不吃。

"我对他说啦，你可以在车间里备上药，就算忙起来，也可以有个空隙时间补上来。他就是不听，觉得自己吃药给同事看见不好意思，很丢脸。我跟他说啦，就是不听，就是不听。"很能理解一个健康强壮的体魄与男人尊严的联系。对待病症马马虎虎敷衍了事的背后是不是不愿直面却不得不面对的倔强与挣扎？直到病魔在体内四处流窜终于出其不意狠狠一击，就连表达悔意的时机都没有。

女子的嗓门大，心里又着急，语速更快，每次一提起这个话题，她便竹筒倒豆子"吧啦吧啦"一大堆。的确，在这异地他乡，除了夫妻两人，身边没什么亲友。丈夫躺在床上一动不动，不知道未来康复之路要多长。

"前天，他的姐姐打电话过来一下，还说他没按时吃药，我怎么都不知道的。"她拿着梳子的手指着床上的老公，"这个意思好像都是我的错。吃药这个事儿我怎么管嘛？我也要工作的啊。他这么大个的人，这些事情他要是还管不好自己。我都说他很多次了。他都不听，我有什么办法？"

"他父母都八十多啦。他现在躺在这里一动不动，我一步都走不开。我还要挣钱啊。"妇人的焦虑全写在脸上，"家里老大今年考上大学了。读的是专科，幸好是公立的，学费没那么贵。老二马上读高中。"说起孩子，她的语气柔和了许多。前日趴在靠椅上玩游戏就是老二，只是贪玩的少年似乎还浑然不知此时一个家庭命运的陡然转折。

除了第一天见到她的儿子外，之后来来回回就再没见其他亲友出现。她老公还躺在护理床上毫无起色，她每天都是进进出出，电话更是忙，"噼里啪啦"全是我听不懂的方言。她说，这边没有医保，全部自费，没有办法承受。她现在联系老家县城的医院，打算将老公转回去。可按照医生说法，她老公现在状态经历这么长的旅程还是有风险的。气切还没有封口，时不时一阵咳嗽，从心口冲上来的气浪，几乎要将他从床上吹蹦起来。她老公的姐姐们让她在这里再待一段时间，等她们过来，到厂子里去要点钱。

病房里是两个都不会言语的病人，还有我母亲的保姆，总是疲倦地坐在靠椅上翻手机。大多数时候只是她一个人絮絮叨叨，即便我不接话茬，忙着给母亲做按摩，她也会不断地叨叨叨。这一刻，就算是有一双能愿意倾听她的耳朵也是好的。很理解这个异乡女子的艰辛与焦虑，可是自身有高血压引起的脑溢血，也能属于工伤吗？工厂也要承担责任吗？聚众上门私下了结的民间公堂野蛮至极，可看看她无所依傍的处境，唯有那根似是而非、虚无缥缈的蔓藤了。看似立马能决断的是非也让我心下惶然，那些端正的理儿该落在何方？

她坐在行军床上，将身后长头发甩到胸前，一下一下地梳理。根根头发乌黑发亮，温顺地倾泻下来。这一刻，会让我想到江南女子沿水而居的生活。晨曦微露，掀开帘子，靠在雕花刻玉的窗台前，把镜梳妆。脚下，清澈溪水拂过卵石，缓缓流淌……那是她的故乡，是她的年少，还是她绯红的初见？

我建议，微信里经常有一些大病筹款平台，要不试试看。她说，刚开始觉得实在放不下这个脸，后来也顾不了那么多了。已经在转发，可二十多天过去，也才筹到三万多块钱。太难啦！她胖胖的圆脸，快人快语，没遮没拦。"实在不行，我也撑不下去了。要是再没有起色，我就只能放弃了。我和我的孩子都还要生活啊。"

我一阵默然。

如此这般，等待中的姐姐们都没有来，日子还在一天一天过去。翻身，拍背，擦身，喂药，换床单……她老公不稳定的身体状况，有时一天七八次拉稀，白色床单被套糊了一床；有时莫名呕吐，黏的、稠的胃液，未消化食物铺了一枕头；有时猛然一阵咳嗽，站在旁边躲避不及的她，被溅了一脸浓痰。

我在每天下班后到医院。她在每个白天黑夜都待在医院，守在行军床上，护理床边。

那天晚上，微微掀开隔帘，她又站在床边摇晃着她老公的手。他睁着直直的眼睛，黑白分别，不知是望着她，还是望着天花板。我说：挺好的，你看你老公现在一直醒着。看起来比刚来时有进步了。

"是吗？"她咯咯地笑，声音还是清亮清亮的，"我是天天看着，不觉得。有进步吗？好像是哦。"

"好多了。你看他的眼睛一直睁着，应该是醒着的。"

"今天我儿子和我视频，我将视频给他看，叫他摇摇手，他也会摇了，而且还有眼泪流出来。"

"哦，那真好，那是他有情绪、情感了，认出你儿子了。"想想母亲与他的病情相似，刚进来时也差不多，现在进展也不明显。她丈夫居然能认出儿子了，心中很是为她高兴。

"你看，美女来看你啦。你举起手来摆摆手，摆摆手。"她逗着他。

她老公的眼睛缓缓地转向我，左手臂和手腕用力举起来，向我摇晃着。我忙举起手来，向他回应："真棒，真棒！加油，加油！快好起来！你老婆很辛苦！"男子的眼睛木木地盯着我，忽而眼眶发红，泛潮，湿润了。她高兴地招呼我：你看你看，他又流泪了。她一边帮他擦拭，一边高兴地指给我看，自己也顺势抹了抹眼角。我点点头，说不出话来，忙放下隔帘，不忍细看。

之后几天，她会时不时告诉我她老公康复的进程。

"翻身的时候，我喊个一二三，他会配合我了。"

"今天和他儿子视频，他会对着儿子摇摇手，还竖起了大拇指。"

"我叫老公拿着纸巾给自己擦汗。我说擦脖子，他就伸到脖子里擦。我说额头，额头，他就把额头的汗也擦干净了。"

…………

想想还在意识混沌中的老母亲，想想这耻于在人前吃药的中年男人，想想这无着无落的圆脸女子和她背负的一个家。我的眼泪也止不住涌上来。唯有爱，唯有深爱，它在艰难的时刻显得特别重要。

病房侧记

医院是一个不缺故事的地方。

刚踏进病房，父亲的陪护小兰与几位家属靠在窗户边，一遍一遍重复着这样一件事：今天早上还能自己取水的老头儿，半晌功夫就走了。有人问，到底是哪一个啊？小兰说：就是那个啊，病服外面披一件外套，老是在走廊上跑来跑去的。小兰有着尖细的嗓音，单眼皮、细长小眼睛，鼻梁脸颊间点缀着密密麻麻的黑点点，看起来总觉得喜气洋洋的。

"喔，"靠窗户边的家属是个五十多岁的中年妇人，她一边给病人揉腿，一边应答着，"那人身体看起来不是还很好吗？"慢悠悠的语调还在搜寻记忆深处那老头儿的样子。"是啊，就是今天早上啊，还是自己来取水的呢，一会儿就没了。那么突然。"

"老头儿动作很敏捷的，他老伴打饭的动作慢一些，他就要骂。"小兰忆起老头儿一些细节，忍不住发笑。大家都笑了，好像那个急性子的老头儿此刻还在走廊上急匆匆地奔走，叫骂慢吞吞的老伴。可能很多人都想不起老头儿长什么样，只是在这进进出出的走廊过道里一定曾擦肩而过。

不过，谁会在意呢？大家各自说话，各自散开。闲暇的小兰却还沉浸在这个突如其来的意外里。她靠着墙边坐下，双手托腮，嘴里喃喃自语：做人啊，怎么说着说着就没了？小兰常年待在医院陪护，爱好就是交叉手臂站在病房门口看各种病人进进出出。这个老头儿有着与其他病人不一样的脾气做派，一定曾让她着实觉得有趣吧。

医院里，每天上演着生老病死的故事。一个人的离去，即便是多么突然、多么怪异，也很快会成为落入江河的一滴水，瞬间被淹没，被遗忘。我们一群人围着父亲的病床，说着闲话，一边庆幸这次幸运过关，一边回忆当初的担忧与惊慌。站在安全境地里，有说有笑，几天前的遭遇已然如他人经历。门外忽传一阵撕心裂肺的哭喊声，好像来自深渊底处的悲怆。我们一阵沉默，竖耳倾听，彼此相视，意会其间情节。隔壁是重症监护室，连接两个世界的卡口处。又一个生命被移出这个世界，又一个家庭被挖去了一角。

哥哥说，前天，一中年汉子送来突发脑溢血的妻子。汉子在监护室门口不断打电话，声泪俱下：用最好的药，只要能够留住她的命，哪怕只留个像木桩一样的给我也行。求你，用最好的药。据说妻子是一家外贸加工厂的员工，每天加班到深夜，估摸着是劳累过度造成的脑溢血。哥哥说，前几天还可以看见这汉子在监护室门口走来走去，昨天开始，就没见到了……

病房里，三号床住着一位七十多岁的老人，身边陪着一位微胖的中年妇人。老人从意大利回来，一辈子打洋工，回家不过十多天，身体不适，到医院查一查。这一查，就查出诸多毛病，医生列出的手术清单一长条。什么造影、穿刺、血透，算算费用合计要十七万。老人在病床上过了几天，有时仰卧，有时侧身，有时盘腿坐在白被单上，既没打针，也不见吃药，眼神严肃，嘴角紧闭。几天过去，没听一声言语，住院就像是为思考一个哲学难题。身边陪护的中年妇人说，山里空气清新，或许能给他的身体带来好运。隔天，三号床换了一位热爱絮絮叨叨的老太太。

昨天，二号床铺空了，床垫被翻卷着叠放，九十厘米宽的护理床露出半截灰色钢板。三人房一下子空了很多。二号天天蜷缩在床上，眉头紧锁，脸色乌青发紫。偶尔散开的衬衣，露出干瘪胸膛，就像路边枯死的老树根。我一次一次进出这间病房，只觉得这汉子的身子像变形的模具，每天都在按一定比例不断缩小。我怀疑他有一天会不会薄成一张纸贴在床单上。伴随身形变化的是愈加消沉的精神状态，刚开始还能够高声嚷嚷几句，后来便只能伏在床上哼哼了，木柴棒一样的手臂顶着腹部，眉头缩成一道解不开的锁。这时，他的妻子便会搬张凳子，坐在病床旁，双手在他的后背、大腿揉搓。他依然哼哼，她只管揉搓。妇人空荡荡的眼神直直地望着前方——病房门口进进出出的人们———一切都是按部就班地例行公事。

他的妻子，这位白白胖胖的中年妇人，大多数时候总是坐在靠墙的椅子上，一条腿蜷缩着，另一条腿耷拉着垂下来。一只模型手竖在椅子扶手上，张开的手掌夹住横放的手机，手机里播放着没完没了的肥皂剧。一部一部美女帅哥偶像剧打发着她那日长夜也长的陪护时光。有时，我们围在父亲病床前闲聊，她会插上来说上几句。偶然，有亲友来探望，她便会很利索地从床边拉出凳子推过来——在这个一切都是配量使用的病房里，借出一张凳子，都是雪中送炭。昨天给父亲理发洗头，她便指点我护士站有吹风机，可以借来用用。对于医院，她是太熟悉了。得空，她便会打开手机，继续播放连续剧。四周一片沉寂，唯有电视剧里那些夸张又矫情的恋爱，给这个妇人带来一点点活着的气息。

这个山里汉子，据说原先只是肾结石。医生建议要多饮水少喝酒，食物清淡。但他平生最好一壶酒，一日三餐酒不离手，还要配上腌制品、卤制品、动物内脏之类的小菜，口味越重越过瘾，医生的建议全当作耳边风。如此张狂的活法，终将肾结石惯成了尿毒症。直到有一天瘫倒在酒桌旁，被送来医院抢救，在重症监护室待了半个多月，才捡回半条命。从此，每周三次透析，每次五百元，雷打不动。所以，生活于他而言，不是正在透析，就是准备前往透析的路上。

他说自己有新农合保险，在家乡小县城里，可以省些钱。但小县城设备旧资源少，轮上一次血透，要排到两年后。

每当夜深时刻，腹部疼痛就会一阵阵追过来，他在床上缩成一团，哼哼唧唧的呻吟搅得一屋子人都睡不好。妻子坐在他身边，一声不吭，只是一遍一遍抚摸，动作机械又娴熟。

偶尔，也会看到他家儿子，在黄昏赶到病房。高个儿，一头乱发，沉默寡言，一件牛仔裤挂在髋骨上，好像多年未洗的样子。儿子在一家快递公司上班，工作很忙。只是每天在钢筋水泥的丛林中跑得再快，也抵不上医院里一张张雪花般飘来的催款单。

出院毕竟是令人羡慕的。我陪父亲坐在医院大厅里，黑球鞋、白布鞋、窄条凉鞋、细高跟鞋……各式男女噌噌噌从我们眼前飘过，假日的医院也不得闲。反反复复的病情，也让我在对父亲解释他什么时候能够出院这件事上显得越来越不靠谱。大玻璃窗上夕阳倾斜，一方余晖落在大理石地面上。小兰说，那个男的也是不想出院的，出院手续都办好了，他还伏在床上哼哼，嘀咕自己接下来去哪里都还没有找好呢。

医院是一个不缺故事的地方，只是这些故事很多时候都无人倾听。

给父亲理发

新买的理发工具，装在一个小方形收纳包内。我打开拉链，里面的设备真很齐全：电动推子、理发围巾、海绵扫、钢牙剪、限位发梳、充电器……

我将这些工具摆放在桌子上，一一辨认它们的功用，禁不住鼓动父亲，看起来真不错，要不试试看？父亲看着这些工具，心有犹豫：头发刚理，不过十多天，还不长。一直将自己的头发交给专业师傅打理的父亲，心中一定有些忐忑，我的手艺行吗？其实我也心有发怵，给女儿扎个辫子都要被嫌弃，还能理发？

以前，村子里有一家理发店，由一位腿脚不好的理发师傅经营。小店很简陋，四面雪白的墙，两扇各朝西与南的窗，一把木椅子，一面长镜子，几样常见的理发工具，如此而已。就连店名也省去了，乡里乡亲，大家都知根知底，哪里需要吆喝粉饰？师傅手艺应该是不错的，剪个平头，理个短发，熟能生巧，游刃有余。不过发型确实是简单了些，来来去去就这几个花样。后来，有年轻姑娘在他家斜对门也开了一家理发店，剪发、烫发、染发、盘发，款式新，花样多，顶上功夫真是了得。爱时髦、懂时尚的姑娘小伙儿甚至是大妈大婶也渐渐转移了方向。师傅的小店就此日渐萧条。父亲不要时髦，不懂时尚，觉得头发只要清爽整洁就好。再说，他一直觉得，一个大男人的头怎么可以让一个小姑娘揉来按去，实在不成体统。所以，一直以来，父亲的头发都是由师傅打理的。但像父亲这样坚持的人毕竟不多，那家小店终于还是关门歇业改行了。

这样一来，固执如父亲这般的，理发就成为挺麻烦的事儿。每隔一个来月，都要跑一趟镇上，找一个男性师傅，打理自己的头发。如此，渐渐习惯便也好。

但是，随着帕金森病日渐加重，父亲一个人出门去几公里外就让人不太放心了。父亲有一辆老年代步车，速度不快，加油到底也就每小时十公里。但是，对他身体的担忧，让我们也逐渐反对他使用代步车。第一辆代步车报废后，我们建议不要再买了，父亲却心心念念，让我到处打听，这种车子哪里还有卖。晚年的父亲，几乎没有什么物质上的需求，却独对再拥有一辆代步车表现出少有的固执。

这种车子毕竟太小众，第一辆车子车身贴有一些厂家销售商信息。我多方联系，对方回应基本不生产、不销售了。后来各处打听网络搜索，总算在市区一家不大的车行找到了这种车子。再买一辆，父亲的欣喜，不亚于一个孩子拥有心仪已久的玩具。我们反反复复叮嘱，一定要放慢速度，一定要记住刹车位置，甚至还划定，就在方圆一二公里内转转，不可走远。

但是，还有什么能够阻止一个人对远方的渴望？父亲还是常会违背我们的叮嘱，小心翼翼试探着向三公里外的姑妈家开去，向小镇上开去。有一次，一群亲戚在三公里外的一家酒店聚餐，哥哥本打算回老家接父亲，没想到父亲早已经开着自己的代步车到酒店了。吃过中饭，哥哥叫父亲坐车送他回家。父亲却像个刚刚学会走路的孩子，迫不及待要表现自己的独立自主，坚持自己开代步车。

从酒店回家，要经过一条长长的公路，虽不是国道线，但还是镇上主要交通要道，车来车往。父亲做事极为谨慎，代步车像蜗牛一样在公路边移动。但是，谨慎的秉性终也拗不过生病的躯体，体内积攒过量的药物毒性，常让身体难以控制地抽搐扭动，顺势就会带动车子，走起"S"路线。哥哥开着车子，悄悄地跟在他后边。

回家后，哥哥坚决反对父亲再单独开代步车上公路。父亲坐在椅子上，不答应也不辩驳。母亲说，其他还好，不太出门了，就是每月都要去一趟三公里外的镇上，找熟悉的师傅理发，他是要坚持的。

我说，要不买一套理发工具，以后这理发的事情就交给我。

我将高背藤椅移出，摆在家门口。父亲坐在椅子上，端正着身子。我取出理发围巾，披在父亲胸前，在后颈处粘贴合拢。我拿着推子，调整好位置，按下开关。推子发出轻微的"呲呲"响，像一只勤勉的蚂蚁，沿着额前、脖颈、耳后，一路爬行。推子所过之处，灰白的短发纷纷散落。父亲就像一个孩子，安静地坐在椅子上，任我的推子在他头上四处游走。

第一次这样近距离地观察父亲的头发。不知什么时候，居然已是满头灰白了，岁月是那纷纷扬扬四处挥洒的粉笔灰，点点滴滴落满曾经如墨染的黑土地。虽是满头灰白，却还根根粗壮挺立，就像父亲这倔强了一辈子的硬脾气。总是固执己见，总是雷厉风行，总是骄傲自负！在他倔强了五十多年后，忽然会在某一个很寻常的清晨，某一种早已深潜海底的阴谋，生根，发芽，冒尖，四处蔓延，就像一张精心策划的弥天大网，让一个倔强老头的后半生从此不得倔强。还想雷厉风行？它让你想要走快一点都成为奢望；还要骄傲自负？它让你系个鞋带、套件外衣都得求人帮忙！

我解开理发围巾，甩一甩积在围巾上的粗短头发，拿起海绵扫在他脖颈处轻轻扫过，就像一位经验老到的师傅：怎么样？还不错吧。父亲缓缓抬起头，嘴角浮起一丝笑意。母亲站在一旁，伸手摸摸他的右脸颊，辨析着上面一道疤痕——那是上一次摔倒留下的痕迹，嘴里念叨着：老了，就像个孩子样！

路过医院

生活中有很多害怕。比如，害怕去医院。

那天，父亲木木地看着我，许久，嗫嗫地问道：要不要再查查？

元气不足，声音微弱。没头没脑的询问，只有我能补上这个前因后果。

"啊？哦！好的，我先预约。"

去年一场突如其来的疾病，让年过七旬的父亲吃尽苦头。抢救，重症监护，住院，检查……一路折腾五十多天。我至今还记得那天他被护工从重症监护室里推出来做 CT 检查的情景。他仰卧在病床上，四肢不能动，嘴巴不能言，一双浑浊的眼直直地盯着我，哀求，慌张，恐惧，无助……我装作给他额头擦汗，顺带抹去他眼角的泪。倔强一辈子的父亲，重症监护室已然成为他一生中最可怕的噩梦。

一年过去了，他还惦记着出院时医生说的：等体质增强了，残留的囊肿可能会被逐渐吸收，消失。

"可能"两字，埋下了伏笔。那个让他害怕的地方，又让他牵挂。

去医院要避开周一上午，稍微有点经验的人都懂得。

预约了周二上午十一点三十分的号。我以为这是一个明智的选择。避开周一高峰，避开早上高峰。

一路畅通，拐入往医院的主干道。前方车子减速，渐缓，停下来，堵在一起。几分钟后，没有挪动迹象，透过后视镜看去，后面已排成长龙。一辆急救车"呜哇呜哇"着，由远而近，抄辅助通道挤了上去，还是停在了隔离带前——再无路可走了。四周纹丝不动，车背上方蓝色警灯一闪一闪，"呜哇呜哇"的声音不停歇地叫……原来在这里一天都是高峰。早上拥堵着挤入医院，午间拥堵着挤出医院。挤入与挤出之间，哪里会有间隙？常态生活中的经验在这里根本不够用。

停车场在医院对面。大片大片的农田，理理平整，铺上一层沙子便是了。在密密麻麻的车子间穿梭，不断向内延伸，终在边缘线上找到一个空位。这停车场交给当地老人协会管理，据说一年有上千万的收入。村里每人每年可以分得几千上万元。来来往往的车子越来越多，这个收费停车场也一年一年在扩展。村里大片大片的农田，当初用来种植瓯柑，现在只需要铺上一层泥沙，就能自动生钱，堪比印钞机。像晾晒柿子饼一样向着一个平面野蛮生长的停车场，也让停在尽头的车主走到医院门口的空间距离变得越来越远。抬头看看，医院大楼还在遥远的大前方。多走上几步我倒无妨，父亲却要为这漫长的征途心生忧虑。

停车场出口处，是一长排的小摊小贩，临时搭建的简易房，"阿兰饭摊""本地餐厅""鸿富面馆"，还有水果摊日用品店。不敢向店里张望，门口走廊地面污渍、油渍、果皮、白色塑料袋、一次性筷子，不该有的都有。角落里摆个看不清颜色的方形塑料桶，餐厨垃圾挂满边缘，胖到肿胀的绿头苍蝇在行人脚步中忽起忽落。没胃口的病患、临时陪护的家属大都在此获得果腹。

挤出停车场，隔着一条窄窄的马路，对面就是医院急诊大楼。左右穿行的车子、纵横来回的行人，喇叭声、叫卖声、协警哨子嘟嘟声交集在一起。一曲女声情意绵绵的流行情歌卓然响在最高处，夹在聒噪尖锐的烦躁中。人行道尽头，急诊大门口，地上坐卧着一男人，摆一黑音响，铺一张白底黑字求告书。身边站一个女人，举着话筒和着伴奏扬声高唱，"你说我俩永相依，为何又将我抛弃……"拉长的尾音咿咿呀呀。男人与女人全身有大面积烧伤留下的伤疤，纵横交错，让人不忍直视。那疤痕暴露在大太阳下有着令人避之不及的恐怖，我疾步前行。这一刻应该可怜、悲悯……可我只想远远躲开。当苦难用来贩卖，同情也就被绑上了祭坛。

朝北方向就是医院急诊大楼。挺宽敞的一条南北走向的长廊，两边都是诊室与检查室。走廊上常常摆着病床，床上或卧着，或仰着来不及住院的病人。那么干枯的躯体随意瘫倒在白色床单上，神情凄苦，抛在走廊上，被来来往往的行人注目。用各种姿态昭示生命这具肉体几乎是刑具的本质，良善的眼睛不知道该落在哪里。可是，这条急诊的走廊怎么不是伟大而鲜活的生命教育课程？

门诊大楼，一到四号楼连在一起，走廊高远开阔，大面积玻璃墙从地面一直伸向屋顶。正是医院快下班的时间吧，一大片人群黑压压地向着一个方向涌过去。胖的、瘦的、高的、矮的、美的、丑的、年老的、年少的……单鞋、凉鞋、布鞋、皮鞋，包裹着小巧的脚、粗大的脚。他们的步调是一致的，向着急诊方向的出口处，几乎是浩浩荡荡地，熙熙攘攘地奔忙！

B超室在二楼。钢化靠椅上还有不少人等着被叫号。因为不是急诊处的检查，病患都还淡定，耐心等着屏幕上出现自己的号码。有人坐累了，站起来走走。还有挺着肚子即将分娩的准妈妈，真希望那个照见未出世宝宝的机器，能照见生命欢喜的样子。

大厅走廊门口，终于获得进入诊室的时候，十多平方米的空间，父亲靠墙坐在方凳上。隔着一条白色帘布，上一位病人还在检查中。

"多大年纪？"

"六十四。"陪护在一旁的妇人答道，忽然笑了，"哦哦，六十二。"

"放松，放松。"是医生不耐烦的声音。

"他叫你放松些哪。"妇人用方言嘱咐道。

"先去拉小便。"医生说。

"就是拉不出来啊，胀得难受。"是一个男人的声音，哼哼地呻吟着。

"拉不出来也要拉。"干脆利落的指令。

一阵窸窸窣窣，帘布后移出一位男子，瘦高，双手提着裤子，苦着脸。妇人帮他整理衣服，扶着挪出了诊室。

我将父亲的身体安顿在检查床上，向医生投去一个谄媚的笑。

"这边，这边。""翻过来。""往左移一些。"……机器探头在他腹部正面侧面反复滚动。然后，打印机吐出一张白色报告单。

医生说：情况挺好。

我接过单子，就像学子接过一份成绩优异的通知单。

门里·门外

穿过偌大的停车场，在大楼第一个入口处拐入，就是一条长长的走廊。走廊一旁摆放着一长排椅子，椅子上坐满了人，还有人三三两两地站立着。他们有的窃窃私语着，意味深长的眼神中传递着只有彼此都能明了的担忧；有的呆坐着，仰靠着椅背，茫然的眼神呆望着前方——透过玻璃窗，屋外是一片小小的草地，不知名的花花草草在楼与楼的间隙里犹自生长。

走廊这一头，是一扇方方的宽宽的钛白色铁板门。铁门常年关闭，偶有医护人员出入，刷卡进出，自动合拢。门上方是一尺见方的玻璃框。透过玻璃框，一直向里，可以看到屋内灯火通明，几张病床、几台检测仪，医护人员静默着忙碌——好像是遥远的另一个世界。

这是急诊重症监护室。每一个坐在门外的人，都有他的亲人或朋友正在门内某一张病床上，周身插满管子，生命体征在一台监视仪器上跳跃着。门外的他们，二十四小时等待着这扇铁门的开启，也许带来福音，也许扔出噩耗。铁门开启发出"咣当"一声，走廊上的人们立马扭头，心提到了嗓子眼儿，等待白大褂法官的审判与发落。一位妻子突发脑溢血躺在监护室的中年汉子，几天几夜守在门外：我害怕开门的声音，害怕叫到我家床铺号。

我穿过长长的走廊，穿过空气凝重的人群，轻迈的脚步不敢发出一点声音，担心惊扰了空气中隐约脆弱的宁静。几天前的我，也与他们坐在同一张椅子上，怀着同样的焦虑与不安。

进入病房，父亲已经坐在床上了，看起来气色不错。他身边 2 号病床位却空出了一大块，3 号病床的陪护说：2 号去做血透了，中午十二点去的，到现在还没有回来，受苦啊！

屋外一片漆黑，父亲吃过晚饭，坐在椅子上歇息。父亲说，这病房里的 1 号、2 号、3 号，在重症监护室里也是依次挨着的 2 号床、3 号床、4 号床。我忍不住打趣：你们真是有缘分啊！

正说着话儿，2 号床铺磕绊着挤进门内。这位五十多岁的山里汉子，第一次见他时，我还以为他年过七旬。他仰卧在病床上，蜷缩着双腿，白被单盖着薄如纸片的身子，黑紫脸庞，皱纹浓密，颧骨高突。晚饭后，精神好一些，他开始说话了，嗓门挺高，絮叨着病情的前因后果。一口浓重地方口音，我也听不大懂，只是说起 ICU 仍心有余悸：哦呦，那个地方啊，就是地狱哪！重症监护室就是命运之神手中的筛子，纷纷扬扬，能够留下来的都是幸运的沙砾。

那天是周日，早上七点，刚刚醒来。电话铃声响起，一看号码，预感不好。电话那头，传来母亲声音：你来一下，你爸感觉难受。

我赶紧换衣洗漱，驱车出门。

只有我懂得，这个时间点，简短一句话，背后要有几多挣扎。他们一定是熬到我起床才来电话。电话中传来的"难受"，也是自动过滤降级的描述。

周末早上，络绎不绝的车流让我的车速怎么也提不上来，踩刹车、加油门，反反复复，快速交替。那在我面前挪移的车子，圆圆的车尾呆呆地挡在前头，心中有股无名的火直冒上来。转念一想，如不是不得已，谁要在周末清晨急急出门赶路？尘世太忙，谁都不易。

进医院，急诊。血压下降，体温上升，护士带路，推入抢救室……

一阵忙乱，再次拉开淡蓝色帘子，父亲仰卧在病床上，从身体各个部位伸出来的细管子相互交集着，好像村头布置散乱的电线。一台监视器在他头顶后方，红红绿绿的线条数字在跳跃，机器发出的"滴滴"声就是不消停的警报。姑妈端着水杯，拿棉花签蘸水，一遍遍浸润他干裂的双唇。大哥将打湿的毛巾贴在他的额头，脸颊、胸前、腋下。我握着他蜷缩在胸前的双手，抚摸着僵硬的手指、布满斑点的手背。

"回家哪！"父亲微微张开眼睛，对一旁的大哥喃喃道。

"回家怎么办啊？在这里会好起来的哪！"大哥翻动他的身体，劝解道。

母亲在一旁，一边抹着眼泪，一边念叨："这个急性子，一辈子急性子！在这里躺了两小时，就烦起来啦。你好端端的，我们会待在这里吗？"

医生进来，他说，你父亲这种情况比较危急，接下来要转到重症监护室。这种情况要治疗多久很难说。等他生命特征稳定下来后，再做手术，看情况转到普通病房。但是，监护室里家属是不能进去的，一天只能探视半小时。

我看看大哥，怎么办？行吗？把这样虚弱的父亲交给一群陌生人？他现在连表达自己需要什么都有困难，别人能够理解他的需要吗？医生说：这个你放心吧，监护室里每张床铺都有一位护士，他在这里怎么跟你们说，在那里也可以的。

他人不会懂。此时父亲所有的表达，全靠我们来自基因深处的密码来破译：他的抬一抬眼皮，他的扬一扬手指，甚至只是用眼睛来看你一眼。

可是，不送监护室，还能有什么办法？

我接过医生手中的一叠纸张："你不用解释，我全签。"

向着偏东北方向，一条窄窄走廊，走向尽头，就是一扇乳白色铁板门。门板四周光秃秃的白色，没有一点标识。再走近一些，会发现大门边沿一行小小的字：EICU。相对于门诊住院部，这里显得分外冷清。向右拐一个弯，就是停车场。忽然之间，一下子理解了这座曾拥有亚洲最大单体医院建筑的设计意图。

铁板门缓缓开启，一张铺着白色床单的护理床已等在那里。将父亲移到护理床上，医护人员接过床头床尾，示意我们止步。随后，父亲就被一群陌生人向里推进敞开的门，一股冰凉的冷气从里溢出来……

我们也成为铁门外一长排椅子上的家属，融在一群陌生面孔中，融在各式口音的纷扰中……

下午两点半，是规定的探视时间。在走廊尽头，有一处小门，是家属探视的进出口。两点二十分左右，小门口已经排起长队伍。时间一到，小门打开，等在门口的家属被陆续叫号入内，套上墨绿色大褂，换上拖鞋，依次引入。一张床铺配有一套衣服一双拖鞋。哥哥等在门口处，首先进入。我排在后面，等哥哥出来，才能换上我。

小门口，依次有人进去，有人出来。进去的都急匆匆。出来的，有些满脸轻松，边走边播报见闻：今天还不错，认出我来啦！也有的神情凝重，沉默不言。一位年约四十岁的女子，脱下大褂，一迈出小门，腿脚一软，瘫倒在地。等在门口的亲属急忙搀扶着拖出人群，身后传来女子撕心裂肺的哀号……

有些床铺的大褂被一次一次轮换着，进进出出。哥哥却一直也没有出来。直到最后一分钟，他才在门口出现。他脱下大褂，我想伸手去接。管理员抢先收走：时间到，后面的人不能探视了，这是规定。

　　哥哥走出小门，我连忙跟上：怎么样啦？他含糊地应答一声，径直走出小门，走向门外小花坛里。过了好一会儿，哥哥回来，坐到我身边，说：全身插满管子，体温还很高，升到四十多度，全身都很烫。神志也有些不清楚，双手一直挥舞着。

　　"爸是不是要回家啊？"

　　哥哥说：话也说不出来，就是一直拉着我的手。哥哥的眼眶红了，我也转过头扬起脸，不让泪水滚下来……

　　如梦魇般的日子总算过去，父亲的病情逐渐得到控制，转入普通病房。我在每天给父亲送饭菜的时间里，一次又一次经过那条长长的走廊，那扇铁板门外。门外等待的人群，更换着不同面孔，交叠着各式口音。

　　其实，等候在生命边缘，所有的不一样都可忽略不计……

迎来送往

大年初二，惯例是姑姑们回老家拜年的时候。

因为哥哥们不在家，早不当家的父母亲便很紧张，早在年底二十八就去不远处的酒店订招待客人的宴席。酒店早座无虚席，年初二那天更是连大厅走廊都摆满。他们便在离家不远的小餐馆订了一桌菜，到时候送餐上门。母亲说，银海家不错的，现在是他儿子在做，听说还在城里学过的。

母亲想了想，又说：不知道他儿子叫什么名字，现在不好再"银海，银海"了。

银海原是村口小餐馆的老板，还兼厨师和跑腿。去年，据说从家里楼梯上滚落下来，摔成重伤，医治无效去世了，才五十多岁。我一边听着，一边想起这个仅有一面之缘的中年男人，矮胖身材，挺着圆滚滚的肚子，裤子皮带滑在肚脐下，一件灰黑到不知原色的夹克总是大咧咧地敞开着。仓促收场的人生，还是留有一段余晖庇护尚未立足的儿子。

村口一条水泥路，一排停放着好多车子。水井头旁一面斑驳的墙体上贴着一张告示：拆迁区域，请勿入内。

这个生息绵延了几百上千年的小村子，一下子空了。一个提着水桶的妇人从路的那一头走来。我停住了脚步：小真妈，新年好啊。你不是搬出去了吗？又回来过年啦？

她放下手中水桶，微微拱起的后背挺了挺，歇上一口气，眉头微蹙，专注地看着我："我天天在这里呢，就是不见你来。"言语中有着撒娇般的甜腻。

我笑了。小真是我少年伙伴，一起读小学、一起读初中，从小玩到大。小真有着最爱她的父母，学习却不大好。初中毕业，她便离开学校学手艺了。我还在教室里读书听课解难题时，她就在父母安排下结婚了。这紧拖快进键的节奏着实让我愕然，许久回不过神来：婚后生孩子了，出国了；再生孩子，一个，两个，三个，直到第四个男孩。

出国后，她有时一年回来一次，有时两年。这次，应该有三年没回了吧。

小真是家里的独女，我是她少年时的伙伴，她母亲直直望着我时，一定是看到了小真的影子。

因为年后不久就要拆迁，村里那些高高低低的房子大都已人去楼空，大大的"拆"字，鲜艳欲滴，落在房门前。偶尔有几户人家里进出的，都是年过七旬的老人。他们被允许暂时留在老房子里，直到村口周转房建好，就搬过去住。

村口，沿着小河边，三排周转房，有着青灰色的外墙。高高的围墙里，门窗安装了，地面平整了，快通水电了。年后不久，村里老人们也要搬迁了。

我家所在的这条巷子被称为华新后巷。一条横着的巷子，依次连着两层楼房几十间，住着十多户人家。母亲说，建这房子的时候，我还只有四岁。那些在年初，穿着新衣服，提着大礼包的亲戚朋友们，常在门前这条一米多宽的小路上走来走去。

谁家的女婿、谁家的姑娘，坐在门前晒太阳的老邻居们灵清得很。每走过一拨人，总会迎来他们一阵探究的眼光与揣测的议论。现在，这排老房子里进进出出的只有几个老人。还有一条狗，每个午夜总发出"嗷嗷"狂叫，震破无尽的黑夜。

家家房屋前都有一块道坦，围着一米高的石头墙。道坦原是农房非常重要的一个领域。丰收的七月，便是道坦晾晒稻谷的最忙时节，炙热的阳光铺泄在厚厚的稻谷上。那些刚从田地收回的稻谷，颗颗泛着泥土的潮润，好像农人拧不干的衣衫后片。夏日特别酷热，父母亲却希望这样的骄阳照射得更猛烈一些。天空偶然飘过一片乌云，总会引起他们忧虑的目光：今天又会有雷阵雨了。

午后，我在一阵猛似一阵的热浪中，只觉双眼沉重如两座大山，昏昏然不知今夕何夕。一阵小憩之后的父亲，已经在道坦里忙乎开了。他戴着草笠，裤腿高高挽起，光着的脚板，黑红而结实。以脚为犁，穿行在厚厚铺展开去的稻谷里。阳光蹦跳着，稻谷"沙沙"作响，身后形成两道深深凹下去的印痕，笔直，匀称。拐弯处，圆润，温婉。沉在底部被掀起的稻谷冒出一种潮湿的酷暑之气，蒸腾而起。不过一会儿，暴晒在阳光下的稻谷便泛白，饱满，惺忪，欣欣然亮起晴朗的脸。

此刻，那一双漫步在厚厚积谷堆里的双脚，放在木桶里泡着。他正仰坐在门口的藤椅上。母亲吃力地托起那双脚，用抹布擦干，摆放在木桶边沿。看我进来，母亲说，你看哪，这双脚，泡了那么久，还是薄凉薄凉的。我给父亲穿上拖鞋，用力拉起他的手臂，他也尽力向前倾斜，配合着从椅子上站了起来。站立的身子对着门后，许久无法转身。这一双不听使唤的腿，是锈迹斑斑的老旧零件，酝酿又酝酿，还是迈不开步子。

还是千年前的阳光，斜斜地落在道坦里。道坦早已不晒稻谷，肥沃的土地早已不生长粮食，忙着制造高楼与荒芜。摆了两条长凳子，坐着我的几位表兄弟。他们有的刚在大年初一从欧洲飞回，有的也从另一座城市辗转回乡过年。春节到舅舅家拜年是古老的习俗。小时候他们跟着爹妈欢喜闹腾着走亲戚，现在都已经沉稳成一座座中年的大山，在这新春余晖里，与我的老父亲面面相觑。

父亲有姐妹好几个，今年来拜年的只有四姑父了。他坐在椅子上，一抹斜阳爬上了身后的白墙。大姑父姑母年过八旬，出门都成为奢望的事。上次一趟，表姐千叮咛万嘱咐交代给专车司机送来，还一路电话不断，担心他们走丢。最小的姑父虽才五十多一点，心血管方面不该高的指标却都在飙高，前段时间还遭遇心肌梗死，幸好抢救及时才捡回一条命。连襟们聚在一起相互劝酒斗酒的时光，好像落日斜阳，一去不复返。

我们坐在道坦的余光里，有一搭没一搭地闲聊着，打发这晚餐到来之前的空闲时光。除了那些闹嚷嚷的过往，还能说些什么呢。

家家户户门前的道坦里，左边右边，全都成了寂静而荒凉的原野。

隔壁一家，有着四个女儿一个儿子。我在小小年纪里，看着他们家的女儿一个一个出嫁，带来一个一个女婿，然后冒出一个一个小男孩、小女孩。这些男孩女孩也像拔节的麦秆噌噌噌向上长。每到春节，便是他们家最热闹的时候，大门前、道坦里都是人，女儿、女婿、大侄子、外孙女……男男女女，老老少少，高高低低，推着自行车的，骑着摩托车的，再后来便是四轮小汽车了。单薄的墙壁内发出一阵阵无由来的笑，拥挤在屋内局促的空间。

前年，隔壁家那倔强傲慢的老头去世了，女儿女婿们也相继老去，逐渐长大成年的孙辈们各忙前程。遗落在这座老房子的记忆终是要淡去了。春节的大门前，一枚大大的"福"字粘贴在茶色玻璃门的正中央，门框四周朱漆斑斑，早归的燕儿在低矮屋檐下无趣地啼鸣，乱窜。

下午五点还未到，我们围坐在老家堂屋吃晚餐。一张圆桌、五张条凳，漆面还光滑，条凳两头点缀着墨笔勾勒的梅花文竹数枝。母亲摆上了二十多年前的景德镇陶瓷碟盘。这些碟盘平时收起来，一年只用一两回，虽有二十年了，但盘底黛玉葬花、共读西厢的画面仍完好如新。我搬来藤椅，摆在餐桌旁，安顿父亲坐下。他叫我端出陈年烧酒摆上桌，给姑父表兄弟们斟上。父亲不喝酒，却每年都要家酿一些白酒黄酒。年年酿，年年陈。淡绿色天花板下亮起一盏小灯泡，发出微弱的光。习惯了荧光灯节能灯 LED 灯的夜晚，这种古老样式的白炽灯引得大家一阵新奇。

一切都如旧时光，只是旧日灯光下的那些脸，渐渐变了模样。明年这个时候，这栋老房子，连同这个村子，都将消散于无边的旷野。

青丝白发

午后，阳光正好，熙熙攘攘的街头。一个个儿不高的女人，黑色哈伦裤，粗高跟鞋，卡其色针织蝙蝠衫，倏忽擦过我身旁。我诧然站立，看着她的背影一路远去：不是惊世容颜，而是那一头蓬勃的黄发！的确是黄皮肤的脸，一头黄发，从发根一直到发梢，黄得彻底而决绝，好像风过秋天的旷野，突兀在冬的枝头。

有人说，女人选衣服比挑老公要耐心多了。

除却衣服，还有一头秀发。

推开理发店的门，迎面扑来一阵洗发水与吹风机交织的橙色暖意，有淡淡的薄荷味，弥漫在这十多平方米的空间里。大镜子前坐一中年妇人，手机开着免提，与一个尖细女音对话，"哦，哪里的啊？""长得不错的。"……理发师一脸木然，将她那又短又细的棕色头发挑起一小撮，圈起一个球。一朵，一朵，又一朵，开满了圆圆的脑袋。

朋友说，她母亲曾信誓旦旦：自己将来老了，一定不要变成这样的老妇人——全身花衣裳，再顶一个花菜头。朋友感叹：可是，那些她自己说过的话，现在全忘了。不知什么时候，她已经变成一个自己曾经最不喜欢的那种人。

前日出差，在一节车厢里，坐前排的是一位年过六旬的妇人。脱去一件乳白色薄棉衣，内里亮出紫罗兰色棉质A字连衣裙，体态丰满，五官端庄。只是一头烫卷过的短发七上八下，凌乱如麻。中途停车，妇人忙取出一枚牛角梳，打理起头发。只见她一手举着梳子，从后脑勺底部，向上倒梳。另一只手则在一旁辅助着，将梳过的头发，用微微凹下的手心，轻轻向上推送，镂空，隆起……原来花菜样的发型，正是她精心打理出的效果。

有时一个月不到，有时一个月多几天，每隔一段时间，我都要上丽琴理发店一趟的。理发店满大街都是，小区门口就有好几家。几乎穿过半座城，认定丽琴理发店，已经有四五年时间了。理发是一种手艺活儿。手工技艺不是流水线，每一次都会不一样，即便是一位资深理发师，比如心情不佳，手感不对，思绪飘忽……也会给你习惯的发型带来微妙变化。某日，一位同事一边忙乎着手头工作，还总不忘一次又一次地抬手撂过额前几缕头发。终于，她忍不住了：你有没有觉得我这个发型不好看啊？我盯着她的头发看上三十秒："没有啊，不是和以前一样的吗？"

"不是的，你看你看，前面这边的刘海儿，就长了好多……"她一边挑起额前一簇头发，一边委屈地述说。

出自同一位理发师之手，理出来的效果也不尽相同，所以每一次理发也颇似冒险之旅。闭着眼睛，任一把剪刀在自己头顶上四处游荡，需要有种听天由命的决然。那种细枝末节的差异，谁会在意，谁又会解析？可是，自己会懂。

店门被推开，进来一位妇人。她双手插兜，倚靠着门框，胖胖的身子映在镜子里。丽琴手不停歇，俩人便闲聊起来。女人的话题，不是老公，就是孩子。

"你儿子都十七岁啦？那我在你这儿剪发已经有二十来年了。"她惊讶地接茬，那些漫长数字引出她的无限感慨，"那个时候，你还是个姑娘呢。在纱帽河的吧？""对啊。那家店就一点点大，店里天天站满了客人，筷笼样。"丽琴手中剪刀梳子频繁交替，"嚓嚓嚓"的响声清脆而明亮。

"是呀。我是看着你谈恋爱，看着你结婚，看着你生儿子的……"妇人哈哈大笑，"那个时候，你还那么小，你的老公——还是男朋友，很老成。我们都叫你不要嫁给他呢。人长得老成，脾气还不好。"

"嗯，那时我才二十三岁。我也一直觉得自己不会嫁给他的。"

"二十三"，一段明媚的年华，随着片片碎发落到了地上，那份轻盈的傲娇还在迎风招展的披肩长发上荡漾。一晃，二十年过去了。

那些长发飘飘的日子，不知道什么时候就这样过去了。那些觉得不可能的事情，就这样真实而具体地发生了。

是某个毫无征兆的午后，我坐在理发椅上。刚刚清洗过的一头长发贴着面颊直垂下来。"剪个短发吧。"镜子中映着理发师整洁温和的脸，她轻轻撩起披在肩头的长发，好像掂量轻重一样，双手扶着我的面庞，凝视着镜子中的样子。略一沉吟，便举起剪刀，"嚓嚓嚓……"一叠一叠，凝结成一片片的乌黑头发落在紫色围布上，停留一会儿，轻轻一抖，滑了下来，跌在钛白地板上……顷刻，镜子中坐着一位短发女子。

"哇，剪短发了？我可舍不得。"好友坐在我对面，一手端着一杯温热的咖啡，另一只手轻挑一下自己的披肩卷发，好像确认一下它们是否安然如往常。

一头披肩长发，从背影里远远望去，真是一道迷人风景。转身一瞬间，定然要有一张干净光洁而透着瓷器般的脸。你已经是那么努力了，我总还那么犀利，一眼就扫描到那眼角泛起的细纹，那局部光滑的肌肤里，有着用力过猛的牵强与挣扎。一头舍不得剪去的长发，是终要飘去的青春云彩。

走过纱帽河这条女人街，上一次是什么时候？想不起来了。隔了十年，或是就在昨天？街道两旁，一高一低的屋檐，两两相对，面面相觑。沿街各式小店，一间连着一间，依次排开，好像喜欢手牵手的少年时代。衣服、首饰、染指甲、整假发，还有冒着油烟飘着香气勾起味蕾的永嘉麦饼、江西大肠、绍兴臭豆腐。街上人来人往，一张张光洁的面庞，男男女女，提着购物袋，挎着手提包，东张西望，拥在小吃摊外，停在试衣镜前。

那些招摇的橱窗，曾经也勾住过我的脚步。摆弄一顶假发换一种发型，比画一下夸张的首饰，精选一款与众不同的样式试穿上身……我一定也经过年轻的丽琴理发店门前。那把"嚓嚓"作响的锃亮剪刀，修饰过无数女人的秀发，从青丝到白发，剪去一段一段易逝的年华。

几乎就在刹那。

我也曾拥挤在这样的人群中，终被挤出了这样的人群。

每天，总有人被挤出去，也不断有人再挤进来。

这条如流水般永不停歇的小街，总还是熙熙攘攘。

直到有一天，站在镜子前的你，忽然发现一根与众不同的头发，它可能在头顶，也可能在鬓角，与一头浓密黑发那么格格不入地招摇出来。你很惊讶，是眼花了吗？还是光线作用下的误会？你将梳子对准那一根背叛者，挑了又挑，看了又看。没错，那是一根白发！

我慌乱了，忙着找来剪刀，挑挑拣拣，颤颤巍巍。一刀下去，落了两根，一根黑色，一根白色。

某日聚会，坐我身边的同学一侧身，无意中瞥见我那鬓角的几根白发，失声惊叫：啊？你怎么啦？你怎么啦？

住在他心底的，一直是坐在他前排的女生，一头长发，宛如黛染。

菜场

"嗨，好久不见了，这段时间都去哪儿啦？今天来几个呛蟹否？呛蟹好西好，来几个，来几个。"刚转入海鲜区，便迎来摊主热情招呼，像多年未见的密友。

话音未落，她已动手摞起一堆呛蟹。我不好意思提腿就走，迟疑着停歇下来，眼睛扫过摊点上几个塑料盆。盆里盛着盐水，水里泡着一堆呛蟹，每一个呛蟹背上都被挖去一角，露出一小片红膏，饱满滋润，鲜艳欲滴。"看看，看看，今天这几个特别好。"她举着呛蟹抖动着，坚定的口气，已然是错过这个村就没有这家店了。未待我做出反应，她已从盆里挑起几个，过磅，打包，稳稳妥妥地，递到我跟前。好吧，就算奖励这个女人天才般招揽生意的本领。站在她面前，我只有掏出手机，对着墙上一张白底黑图的二维码，扫一扫就是了。

提着小袋子，走上几步，才猛然想起，冰箱冷冻室内还堆着好几个呢。

进入禁渔期，海鲜区的食物不太多，倒是各类软体动物还很常见。以前逛菜场，常觉"物以稀为贵"，越是不常见越想尝鲜。买来的食物常被母亲嫌弃：都不懂的！这个季节还买这个？不好吃的。起先不以为然，几经辗转，发现还真是这样。所谓"时令"，就是一种大自然的政令。遵循时令的生活，才是自然的生活。当一种食物铺天盖地摆上了摊点，也正是它端上餐桌的最好时机。

停在一家乌贼章鱼的摊点前。"来一点？章鱼吧！章鱼比乌贼更好吃些。"摊主笑眯眯地看着我。正中我的意。虽然章鱼和乌贼全是她家的生意，但这番真诚推介还是很打动我的。

"是的。章鱼的肉更脆一些。"旁边一位身穿红褂子的妇人插嘴，她手中提着一袋子章鱼。

"怎么烧啊？"在厨艺方面，我永远怀着一颗谦卑的心，特别是在这些地道的妇人面前。

"很好烧的，炒一炒，加上调料就可以啦。或者你就水煮，我家里的都很喜欢水煮。把水烧开，加几片姜，也可以加一点料酒。投入章鱼，几分钟就可以啦。"

"对对对，问你最合适了。你烧菜还有话讲的！"摊主连连夸赞。

妇人一边整理菜篮子，一边絮叨着："我每天都要烧两餐，两餐哪。"红红的薄唇映着红红的绸褂子，细长的黑眉勾出一道弯弯的弧，拖长的尾音里全是自豪的抱怨。我向她投去感激的笑：受教了，谢谢啦。

买鱼，我总在拐角处一家摊点。这是一对夫妻档。女人身材颀长，动作麻利，语言简洁。你只需轻轻一问，她就用三言两语拎清全部信息。这对一个对语言比较敏感的语文老师来说感觉甚好。这女人没有用力过猛的热情，也不会虚与委蛇的客套，全是直来直去的干货，让人感到来来往往中的每一笔交易都清爽磊落。女人挑鱼，过磅，划价，收钱。每一过磅，这些鱼就传到身后。那里站着她的男人，矮胖身材，憨厚老实，埋头剖鱼，清洗，打包。两人配合得很默契，寻常的小日子就在这一传一递中蓬蓬勃勃地开出了花。

某日，接过男人手中递来的塑料袋，他的一只手，只有三根手指。

近段时间，再去买鱼，女人不见了，只有男人守摊，忙前忙后，摊点上摆放的鱼也稀稀落落的。男人不善言辞，动作又忙，完成一单生意，顾客都要等上好久。不知道女人为什么没有来。

有时我也会买个鱼头。鱼头不算海鲜吗？摊点设在一排干货之间。卖鱼头的是个矮墩墩的老头儿，圆滚滚的脸黑里透红，脖颈上挂着一条灰黑色塑料围裙，一直拖到脚背。摊前几个红塑料盆里游动着包头鱼，调皮的鱼儿常会猛地打个激灵，瞬间水花四溅，惊得顾客差点前仰后翻，所以每次经过这家摊点，我都要谨小慎微，担心自己无意中会冒犯这些脾气火爆的家伙。铺着透明塑料布的横板上，摆着几个剖开的鱼头，鲜血淋漓。每接一单生意，老头儿便蹲坐下来，抱着鱼头，剪剪刷刷，再一股脑儿塞到水桶里，哗啦一声又整个捞起来。装好袋子，递给你，水珠子还在滴答滴答地落。

这些鱼头价钱低廉，数量又少，不知道他一天下来能做多少生意。可老头儿整天乐呵呵的，方寸之地，忙忙碌碌地转来转去。一双黑漆漆的雨鞋发出耀眼的光，踩在湿漉漉的地面上，踢踏踢踏响。尖而细的嗓音里全是藏也藏不住的知足。

熟食区，一家小摊点。玻璃窗内摆着零星的几只烤鸭，全只的，切成一半的，四分之一的。比起周边琳琅满目的食品，这家的确冷清了些，却也透着一份可爱的小傲慢：我就卖烤鸭，咋的啦？摊主是位年过六旬的瘦小老太太。一身白褂，头顶白帽子，甚专业的样子。我站在玻璃窗前，问道："能不能用支付宝啊？""有的哪！"老太太一边卷起袖口在砧板上切烤鸭，一边霸气地回应。

我很纳闷，找了一圈，也没有看到张贴的二维码啊。"二十七。到对面去。"我一转身，对面干货摊点上，坐一年轻小伙子，乐呵呵地看着我。他指了指身后墙上的二维码，再从跟前一小盒子挑出几张纸币，递给我，笑道：我是银行。

"周老头熟食凉拌"，白底红字，亮亮堂堂地立在玻璃窗柜台上方。周老头，就立在招牌底下柜台后方。小个子，长方脸，眯缝眼，光光的脑门，总是油腻腻的。一件白褂子上挂满形态万千的油汁，一双总也忙不停的手却白白胖胖，有着与年龄不相称的细嫩，可能是常年与这些油光发亮的食物打交道的关系。摊点左边是各式熟食，右边一字排开各式调料，黑的酱酒、黄的醋、红红的椒粉、喷香的芝麻，还有很多瓶瓶罐罐，盛着我叫不出名的东西。

凉拌时的周老头，就是这柜台里的王。身边老伴先将顾客选好的熟食倒入锅里。他左手举着黑锅，悠然颠上几回，锅里的食物顺势高高扬起，复又轻盈跌落。他一边晃动着黑锅，一边豪气问话：要不要辣？另一只手里的汤勺已轻快地点过一长排的调料碗，有如传说中的行云流水。配合着黑锅的颠簸，汤勺就势搅拌几下，一份色香味俱全的凉拌熟食已然装入背心袋里，摆在你眼前。而你，可能还愣在那行云流水的招式里，没回过神来。

后来，看到周星驰电影《功夫》，剧中走出的那颠覆三观的杨过小龙女，我居然联想到凉拌熟食的周老头，那是潜伏民间的武林高手？

每周一次的菜场行，我都要来一点周老头凉拌，不止为好吃，还为好看。某日再来到摊前，周老头凉拌熟食摊居然门前冷落，门窗紧闭，不禁有点怅然若失。之后每次经过，每次留神，均是老样子。老头生病了？

过了好长一段时间，周老头凉拌摊点又开张了。还是老地方，还是老花样，只是，玻璃窗后面的周老头不见了。他老伴身边站了一个中年男人，眉目之间有周老头的影子，大概是他儿子。儿子也学父亲的样子做凉拌，但那生涩迟滞的样子，让人看着就觉着累。好像那总也掂在半空中的熟食，轰然跌倒在地上，拾也拾不起来，不禁心有黯然。

卖豆芽海带的小摊往往都在菜场角落。我递上两个硬币，摊主一伸手，插入大桶中，一抓就是一大把，塞到透明塑料袋里。再回到桶里，还要狠狠地抓上一大把，好像那不是用来卖的食物，而是迫不及待要扔出去的弃物。急得我慌忙阻止：少一点，少一点。

一长排盒装豆腐、豆腐干、霉干菜、榨菜的摊点前，我指了指棕褐色的豆腐干，蹲在高凳上的老头忙不迭地跳下来，黑红的脸泛起腼腆的笑：刚才睡着了。

…………

菜场是一条河，流动着活色生香的片段，挟裹着热气腾腾的烟火，扑向那琐碎而具体的时光，带着你，也捎上我。

快乐的小市民

便利店就在小区门口，上百来平方米，二十四小时营业。空间不大，商品还很齐全，生活必需品几乎都有。往日显得冷清的小店，今晚却灯火通明，人头攒动，门口不时有提着大购物袋走出来的邻里，喜气洋洋的，转身便是过年的样子。

心中有纳闷。踏进门里，只见收银台前排起了长长的队伍，或是提着大篮子，或是两手抱着一大堆货品。地面上零散着被拆开的大包装袋，俨然要有洗劫一空的态势。几位面熟的营业员正围着几个顾客，举着手机指指点点。一抬头，门框上贴着鲜艳夺目的大海报，"1212"扭动着婀娜身姿，招摇过市，下面跟着"攻略一""攻略二""攻略三"。攻略下面一长段文字，"下载""关注""点击"……密密麻麻，那两个"满50减25"的数字倒是明了的。

我真是后知后觉之人。刚刚去药房买药时，见对面蛋糕店，平时门可罗雀，今天也是闹嚷嚷的。店铺里，不大空间，一团雀跃灯火，一团人影绰绰，好像一块方形大蛋糕。站在街头，不知道从哪里传来一阵一阵锣鼓响，夹着尖细高亢的女声，节日一样喜庆。

药店门口也贴着一张什么"抽大奖"的海报，图文并茂，大概在介绍什么抽奖规则。走进店内，收银台旁摆着一个透明的玻璃箱，箱内叠放着十多张百元大钞。箱子旁边堆着小山高的收银条，折叠得方正、齐整。

我觉得很奇怪，"这是干什么啊？"

"抽奖啊！从今天开始，你在这药房里买过药的票据，放在这里，积攒起来，等元旦那天抽奖，说不定就能中的。"

奖品就在玻璃箱内喽，简单粗暴很有效。

身后走来两位妇人，也对摆在柜台上的玻璃箱子好奇地打听。听收银员一解释，其中一位说：真的吗？那我每天来买一次药，抽中的可能性就很大啦！点点星星的薄脸上荡开了笑容。

身边另一位也饶有兴趣：对啊，每天一次，一次买两块的。

收银员说：那不行的，一次必须是十元起。

父亲有慢性病，十多年来长期依靠药物维持着看起来的健康。这家药房离家近，药品也齐全。我每个月都要来一次，就像上班打卡一样准时。药房从老板、老板娘到柜员都认识我，甚至我要买什么药，用量多少都记得一清二楚。其中有种不常见药品，还专门为我这个顾客准备过。某次，店员看我整理摆在柜台前的一大堆药品，感慨道：

真是不容易，吃这么多的药啊！俨然是熟稔的老友。但我一点也不喜欢与药房某一个人熟识到这个程度。今年上半年，父亲突发重病，住进重症监护室，生死未卜。某日开车经过药房，猛然发现自己已经有好长时间没来买药了，脑海中忽然闪过一个念头：每月一次为父亲买药的活儿，难道就这样戛然而止？我停下车子，在药房旁的小巷子里呆坐许久。

买药也可以中奖，"多买多中奖！说不定惊喜就砸到你头上！"店员介绍着。

这个世界总在不经意处显出吊诡的微笑。两位满面笑容的妇人，欢喜打听的样子，好像菜盘子里泛起的油星点点，一圈一圈漾动着，让药房洋溢着花好月圆的愉悦。

我在药房买药时，常会遇见买药的老人。佝偻着身躯，摸摸索索地从口袋里掏出揉成一团的小塑料袋子。粗而僵硬的手指，掀开袋子，拣出一个小瓶子，或是扁下去的小盒子，颤巍巍的，递给店员，"这个……有吗？""啊！又涨价了？""先来一盒，下次再买。"……老人耳背，店员用力抬高的音量里，总有种藏不住的敷衍与倦意。

"双十二"，凑热闹的除了药房，最欢喜的莫过于商场了。一女友说，今日去商场逛逛，到处人山人海，没看中自己喜欢的大衣，倒是穿在身上的大衣多次被人拉住询问哪里买的。在商场洗手间，在一旁洗手的陌生女人干脆直接追问：你这件大衣买来多少钱。女友极有涵养地收住心底不快，微笑着回答。女人一听，拍手大笑：我也有一件，跟你这件一模一样，价格比你这件便宜了好多。女友客气一笑，转出洗手间，身后还传来女人与她朋友热切的欢叫：知道吗？刚才这人穿的大衣，跟我的一模一样，比我买的价格贵了好多。

俨然觉得占了大便宜，快乐就藏也藏不住。

我挤过人群，在便利店熟悉的位置，拿了两包盐，顺带一些早餐食品。买单时，走到收银台前，这支长长的队伍，从这一头，在横着竖着的货柜之间盘旋，居然找不到队尾在哪里！队伍里，有身穿西装的大男人，也有温暖敦厚的小妇人，还有塞着耳机染着黄头发的年轻姑娘，提着大篮子，抱着大袋子，那么耐心地等待着。

收银处。收银员大概也是忙乎了一天，满脸倦意，动作也缓慢。有时，还要举着顾客的手机，帮忙点击，下载，关注……看看手表，已经九点了。减二十五是很好，却也很不容易啊。我将盐巴、早餐食品放回去。

张爱玲说："每一次看到'小市民'的字样，我就局促地想到自己，仿佛胸前配着这样的红绸条。"

三月花开

晨起，掀开窗帘，一团粉色扑入视线——院子里樱花开了。

几乎是在一夜之间，那种嫩嫩的粉色，就这样星星点点飘在枝头，洒落人间，让人猝不及防地。一阵莫名感动：春来了。

捧着语文书经过走廊，走过一间教室。室内窗户边，坐着一小男孩，双手曲在书桌上，竖起翻开的书，一双小眼睛还昏昏然着。书桌上，摆放着一束纸质的樱花。粉色花瓣，棕色枝干，错落分叉，插在透明玻璃瓶里。那一定是男孩在掏出早读书本之前，郑重摆下的风景。

一转身，后花园里一片灿烂的白，绚烂，肆意，又张狂。我欲推门的手不禁愣在半空中。

那是一树广玉兰盛装的春。

不知道它是什么时候种下的，站在教室窗户外，一片枯枝败叶的芭蕉树丛旁。它一个劲儿地生长，几近二楼窗口，开花，长叶，一到冬天，叶子全落光，只剩瘦硬枯黄的枝，让人深以为迎来生命的落幕时刻。决然收场，又绚丽开放，郑重其事着一年四季的模样。

在这个静寂的早春，其他花儿都还在酝酿，还在观望，还在等待的时节里，它就蓬蓬勃勃地绽放。不犹疑，不遮拦，不管不顾地绽放。整棵大树还没有冒出一片绿叶，甚至一丝嫩芽。枯黄的枝干上，就这样开出一朵一朵又一朵白玉兰，端然如杯，远远望去，就成为茫茫花海，而树下是一片尚显凌乱的绿草地。一种洁净的白，一种温润的绿，铺展在微风轻熏的晨曦里。

树下，站着一个人，微倾着身子，伸出手，向着高处，小心翼翼地按下一根树枝，将几朵花瓣移到鼻尖，用力地嗅了嗅，随后放开了树枝。那枝丫颤动几下，枝上的花朵随之上下轻摇。他仰着脸，面向玉兰花，站立了好久，许是沉醉，许是痴迷。我站在教室门口，听着室内书声琅琅，还有睡意蒙眬。

他是小姚，学校里的保安，一位沉默寡言的中年男人。

学校里共有四位保安。小姚在这里有好几年了，除他之外的其他保安，大多如走马灯，还没混个脸熟，又换了新面孔。开车进出校门，常被陌生的面孔盘问，让我愕然，恍若走错家门。

小姚个子不高，和几位常来常换的保安一样，经年穿着制服，面目模糊。只有校门口进出时，偶尔会打个招呼。所以，在很长时间里我根本分不清楚谁是谁。后来，他的名字在会议上被德育处多次提起，在进进出出的校门口用心留意了一下，才从这几件很相似的制服中将他分辨出来。方脸，五官端正，肤色黑红，有一种日照过长的灰蒙蒙。

说是小姚，其实年岁不小，也快四十了吧。常被德育处提起，因为他话语不多甚至显得木讷，做事却勤快绝不推诿。"章老师，有你一份快递啊。我给你送办公室去。"电话放下没多久，人就出现在办公室门口了。所以，他不是在校门口执勤，就是捧着包裹在走廊里跑。

有好几次，我明明确定快递已经到了，可总不见包裹，过几天后才在办公桌子底下发现——送到后，他还很费心地按自己的意思收拾摆放整理好！有一次，买来一束鲜花摆放会议室发言席。鲜花送到校门口，就被小姚接过来。我在会议室伸长脖子等了许久也不见送上来，很是纳闷。电话一查询，原来他一听是我订购的，直接送我办公室里去了。

因为勤快，所以那些原本大伙儿的活儿，常常就多见他在校园走廊楼梯上到处跑。也可能就是他这份勤快，让聪明人觉得他有着缺了一根筋的实诚。这么多年了，他还单身。会议上谈到安保工作，大家甚赞小姚憨厚勤快。他们说：大家都留意一下哎，有合适的人选给小姚介绍介绍。会议散了，说过的大多忘了。小姚快成老姚了，还是那么勤快、实诚，一副让人过目就忘的样子。

总有一些人，让你说了就忘了，见了很多次还想不起长什么样，哪怕他们时常在你身边转悠，在你触手可及的范围之内各司其职又相互关联。

学校曾有两位保洁，来自山区的一对老夫妇，年过六旬。老头儿精瘦强干，负责打扫环境卫生清理垃圾的重活。老妇人微胖身材，动作缓慢，常常提着一个塑料袋，跟在老头后面收集各类报纸杂志和瓶瓶罐罐。有时教室在上课，她也会推门而入，挑走堆放在垃圾桶里的奶瓶，随后漠然离去，引得师生一阵愕然。

偌大一座校园，夫妇俩打扫起来工作量还是很大的。所以，他俩几乎一整天都在校园里流动。无论是上课、课间、午休，还是夕阳西落，他们在走廊上举着扫把走过，在操场上推着垃圾车经过，在花园里举着剪刀修剪枝蔓……校园里角角落落都曾遇见过他们。

在校园最靠西边的一条楼梯底下，有一小房间。平时这间小房子都关着门，一直以为门后该是堆放杂物的储藏室。某日经过，小门洞开，打开的木门，被一张小方凳抵住。老头坐在方凳上，如枯枝的指头间，夹着一根烟。屋内一扇小方窗，正对着室外一面围墙，光阴灰暗。窗下一张旧书桌，桌上摆着锅碗。靠墙一张小木床，垂着灰白纱蚊帐。

这学期开学初，再经过那间小房间，门口方寸之地，满地灰尘，久未有人烟。猛然想起，学校上学期就换了保洁，一对中年夫妇。

我们曾经在同一时空里，有多少次在走廊相遇，在楼梯上擦肩。我每天走过他们打扫的走廊，搭着他们擦拭过的楼梯扶手，视线之内全是他们修剪的花草。他们什么时候走的，为什么走了，去了哪里……

悄无声息地出现你的生活，悄无声息地隐退了你的生活。

跨入三月的早春，枝头料峭。一树广玉兰在一院子的荒凉里，争得爽朗的片刻夺目。停留在广玉兰树下的小姚——或是老姚，那个用力去闻嗅的样子，多么动人！想象那扬在春风里的一张脸，定是泛起浅浅的笑意。

此刻，我想起了那些被格式化的模糊面孔，来来往往走在春天里。

后会有期

　　下午四点，铃声响起，推门进教室。向西的一排宽大窗户落下蓝色遮阳帘，但西斜的阳光还是亮堂堂地映在讲台上。堆着几叠试卷，最外一张朝上页面，红的黑的字迹歪歪扭扭，一笔一画，都是蹒跚学步的印记。

　　一群孩子围在第二排第一张桌前，叽叽喳喳的，对上课铃声和我的到来浑然不觉。他们手里举着一堆积分卡，对着摆在书桌上的文具用品指指点点。那是班主任精心挑选的小礼品，用来奖励努力的孩子。手中的积分卡便是兑换券，每一份礼品都有自己的价格，20张，30张，50张。一学期看得见的学习成果，就像农民伯伯站在田埂遥望风过麦浪的欢喜。

　　我打开电脑，亮起投影仪，站在讲台前，望着喧闹渐渐平息的教室。明天孩子们就要考试了，今天这一节就是本学期最后一次语文课了。下个学期，按照预期，我将会调离这个岗位。那么，给这群孩子上课，也就是最后一节课。

世间每一种相聚，总有"最后一次"。来到那么突然！仿佛都是在我们经验之外的生活。人生啊，不可细想那些"再也不会"。

我站在讲台前，一开口，"此时当下"的一些模糊的感慨自然流淌出来，好像每晚灯下提笔在日记本前。与相处四年的学生，彼此间早已没有距离的隔阂。教室瞬间安静下来，几个敏感的孩子睁大眼睛望着我，满是困惑与疑虑。我赶忙低头，顺手捡起第一排女生桌子上摊开的卷子，顾左右而言他。

近日，旅居欧洲的少年伙伴回国。我们在同一个村子里出生，于同一所小学就读，有着重叠交织的童年记忆。在随后二十多年里，天各一方，鲜有联系，彼此都长成了很不相同的样子。出国前一晚，我们相约再聚一聚。吃饭，喝茶，聊天，说一些过去的人和事，小方桌上家酿的桃花酒在青瓷杯里莹莹荡漾，那些沉睡的遥远的过往轰隆轰隆地呼啸而来。举杯同饮，相似而笑。未来已来，过去未去！

晚上十一点钟，我开着车子送她回家。夜的街道静寂、宽敞，清冷的路灯一字排开，蜿蜒绵长。我踩下油门，摇下车窗，夏夜的风呼呼作响，掠过耳际，掠过今晚。此刻便是永远。

车子停在小区门口。她说，你在这里稍等，我从外面带来一些红酒，上楼去取。我说，下次吧，下次到你家来一起喝酒。

朋友爽朗一笑：好的，那就下次再会。我说，下次再会。

　　她下了车，车门在夜色发出沉闷砰响。我亦载着沉沉睡意，悄然滑行在寂然的马路上。路灯静默，一字排开，守着夜的秘密。

　　后会有期！

　　有了后会有期，离别便只是今晚短暂的月色。模模糊糊，来来往往，进进出出，在习以为常的寻常里，开始，结束。就像盛夏常有浓荫，雨过总会湿滑，自然地消融在一泓辽阔的时光里，从来不曾结束，也不曾开始。

　　几年前，九十多岁的奶奶还在世，常年旅居法国的姑姑，一年也难得回国一趟，所以姑姑回国探访的日子，便是奶奶的节日。那些与盼望有关的日子，就是一场抛物线的轨迹。奶奶从获悉回程讯息开始，每天一如往常坐在沙发上数着日出日落便有了意义。心心念念，念念心心，一直到姑姑跌跌撞撞爽朗的笑声涌进了家门，故事达到了高潮。之后几天，姑姑常要早出晚归，会客、访友，处理家务，购买特产，日子排得满满当当。奶奶呢，她还是端坐在沙发上，笑眯眯地看着姑姑进进出出，笑眯眯地数着日出与日落，平静的欢喜，细水长流，温润绵延。此刻便是永远。

　　抛物线总是要落地的，就像当初急匆匆地惦记着回来，现在也心焦焦地牵挂着回程。厅里摊开大皮箱，大家帮姑姑收拾行李，那些方的圆的大的小的物品到底怎么装，成了我们话题的全部重点。奶奶自然帮不上什么忙，她坐在沙发上，看着大家欢天喜地地忙碌。

　　车子已经在门口。姑姑收拾好行李，大家忙着提行李，送出家门。久未出门的奶奶，也从沙发上站起身，矮而胖的身子随着大伙儿走出家门，站在路口，看行李一件一件被搬上后备厢，停顿，落实。姑姑坐进车内，摇下车窗，与大伙儿招手道再会。大家看着车子启动、掉头、远去……转身回屋，刚刚还拥挤的房子空出了一大片，未免意兴阑珊。

转身看看，常年以雷打不动的规律方式坐在客厅沙发上的奶奶怎么不见了？她回屋睡觉了。轻轻推开房门，静寂里屋，紫红木床，奶奶向里侧卧，灰白短褂，背影敦厚。

不断靠近生命尽头的奶奶，在一阵一阵热烈的告别声中，已然觉出了荒凉？母女一场，后会有期。

后会可曾有期？那些远在异国他乡赶不上病榻床前最后一面的遗憾多了去了。

教室外是后花园，种了很多树。向东处两株广玉兰，早春时节，不长一叶。恣意盛开，一树雪白，一树玫红。遒劲枝干与娇嫩花朵鲜明对比，令人震撼。待到玉兰凋零，嫩芽初冒，在近乎老壮的枝干上。当绿叶满枝头时，便是阳春正当时。旁边的月季开花了，樱树开花了，沿着围墙的一片芭蕉更加茂盛了。长得太高太宽太长的叶子常会遮挡视线，像不经打理的长发，乱糟糟的。有人说，应该把它们修理一下。语文老师却不肯了："雨打芭蕉叶带愁，心同新月向人羞。"

"7"字形的角落里，是一棵银杏。大约是校园落成时就种下的树，距今该有二十来年了。它在一楼、二楼、三楼、四楼……一个劲儿向上蹿，探出了教学楼的最高处，好像母亲踮脚张望孩子远去的样子。

　　某个深秋傍晚，某天课堂，孩子们正埋头写作业，我在一片沙沙作响的写字声中，漫步窗边，视线无意中掠过：院子里，一株挺拔的银杏，一身金黄，一地金黄，俊俏着，扑棱棱地伸向天空、铺向绿草地。那种美——可以直接剪成明信片寄给远方！

　　这棵树一直就站在我身旁，却一直没被看见。匆匆忙忙的几千个日子，它从来就不是我的目的，也不是我的方向。

　　下课了，我走出教室。盛夏刚刚开启，室外银杏已被一片碧绿的叶子覆盖。它们还会如期金黄，用金色的叶子从头铺到脚，勾住少年奔跑的脚步。我沿着走廊边，在触手可及的银杏叶片上，轻轻抚摸着——就像抚摸一段盛大的时光。

　　坚定的人生，需要用一种"后会有期"的欢喜，躲开无处不在的"后会无期"。

小别离

"想想就要见到儿子了，真是有些激动啊。"终于到周末了，一位妈妈在班级群里留言，言语中满是初恋女生的小欣喜。

吃过中饭，我已有一些坐卧不安了。不时地看手表，现在几点了，再过多久出发去接女儿，还有多久我就可以看到她了。这五天她过得怎样？晚上睡得好吗？寝室卫生会整理吗？食堂的饭菜可口吗？认识了哪些同学？老师讲课听得懂吗？……

就像一个等待约会的少年，从来没有像现在这一刻在意时间的速度，总觉得它不是太快，就是太慢。

三点三十分，我的车子就出发了。拐一个弯儿，就是一个十字路口，往左拐的车子排队也不长，可是，这个红灯时间怎么特别漫长？车前一辆大货车就如一个面目可憎的绿巨人，结结实实地挡在了前面，左侧转向灯一闪一闪地，不温不火，不急不躁，充满了挑衅的意味。

刚拐进学校，我便打开车门下了车，匆忙间竟忘记了拿把伞。虽然已近傍晚，太阳还很烈。校门口保安慢条斯理地指挥家长车辆有序进入，三三两两学生结伴而行，有的背着书包，有的抱着一堆书，有的拖着小行李箱。我沿着食堂前的一片阴影，急匆匆向前，快速几步，进了宿舍。

身后传来一阵娇滴滴满含着委屈的叫声，是结伴而行回宿舍的两位女生，迎面遇上下石阶的妈妈，漫长一周以来的全部思念倾倒而出。我笑了，开学第一周，一路风景都那么相似。我不由得加快脚步，穿过一间间寝室门口，"1213""1212""1211"……只想一脚就踩到女儿的寝室门口。这一周里，我看着班级群里一些妈妈一日三餐打电话，看着照片上每个晚饭时间晚自修后等在校门口的爸妈们。我假装心中淡定，不打电话，不送餐，让孩子专心住校，我也专心适应空巢。

寝室门口已经进进出出好几位家长，两位爸爸靠在栏杆上眺望室内，两位妈妈在卫生间里测量尺寸，准备安装浴帘，还有室内或是聊天或是整理的妈妈与孩子。寝室本就不大，再添上几位家长，就挤得转不开身了。没有见到女儿，忙问下铺同学，说她还在教室里。饱满的心头似乎扑了一个空！是啊，我为什么要这样急切呢？上学，放学，对于学生来说，一切都在有条不紊地进行啊。

我将袋子放在书桌上。看看她的床铺，被子叠成方块，摆在床尾，白色蚊帐两边打开，用夹子收拢。书桌上一尘不染，靠墙的小书架上，一排书籍整齐有序地立在最上一排，下排是两个心爱的手办，也站立得有模有样。转到卫生间，沐浴液、洗发水、牙膏、牙刷、杯子，整整齐齐地摆放着。虽然六人公用，但秩序井然，整洁卫生，可见一周之内六位室友已经形成一种彼此都认同与遵守的规则与共识。

"老妈。"一声招呼，她笑盈盈地站在门口，胸前抱着一叠书。白色翻领 T 恤，藏青色长裤，胸前别着白底蓝字校徽。不过几天，那个穿着牛仔背带短裤，大红 T 恤的女生转眼就成为翩翩高中少年。眉宇之间似乎多了一份自信，多了一份从容，多了一份书卷气。那个我熟悉的小屁孩，转瞬之间就长大了。

我拿出垫被的套件，想要爬上床去，将垫被套起来。她说，你爬得上去吗？还是我来吧。看看高过我头顶的上铺，我说，好吧，你来。她利索地脱鞋，轻轻点上两三步就上了铺，将枕头叠到被子上，卷起席子，拉起垫被，三两下子，垫被就套好，床铺恢复了整齐。

她下床站到地面看着，笑呵呵的。我心中感慨：转眼之间我的小屁孩已经高出妈妈半个头了，就像所有长大的孩子一样，每次出门，你会抢着自己提行李了，你会自然地接过我手中重物了。妈妈，成了你要关照的爱人了。可有时我总还会忘记你已长大，总还会咋咋呼呼地冲在前头，把你当作了孩子。很多时候，我们并不是担心你做不好，而是作为母亲的惯性使然吧。爱到极致，便不容易理性。当你在小心翼翼探索着未来的方向，而我又何尝不是要小心翼翼地学习着做一个合格的母亲呢？面对不断成长的孩子，每一天，每一年，我作为母亲何曾有过预演的机会与已有的经验呢？克服惯性，适应成长，在孩子已所能及的范围之内，母亲学会退出，也是一种了不起的智慧啊。

"这几天过得怎样啊？" "还可以啊！" 女儿笑了笑，轻松地应答。虽然分开前后也就五天，可是这五天对于你我来说，都不是普通寻常的五天。我有很多的问题，我有很多的好奇，我有很多的担忧，但看到你明媚的笑容，我的心中已然镇定了大半。我还是很希望你亲口告诉我一个真实的感受。

女儿说："我们是天天在进步的啊。你看，第一天熄灯的时候，我们都还没有洗澡，更别提洗衣服了；第二天熄灯的时候，我们澡洗好了，就是来不及洗衣服；第三天我们就洗好了衣服，而且比前一天还提早了五分钟……这都是看得见的进步啊！" 女儿扶着阳台推门，迎着夏日午后清凉的风，一脸骄傲，满满兴奋。

我们提着整理好准备带回家的衣服，走在校园的斜阳里。"韩琳告诉我说住宿要自己洗衣服，自己整理床铺，刚开始听过来我觉得很麻烦。她说你放心好了，住宿的快乐是远远超过这些麻烦的。果然是这样的，住宿真是太有意思了。" 一路上都是不停歇的絮絮叨叨，夕阳将我俩的影子拉得好长好长。

阳光心态比什么都重要。我很骄傲你能在很多孩子抱怨校园住宿生活诸多不适的时候，会用一颗好奇与探索的心、一份无由来的浪漫主义情怀，发现生活中的烦琐也有游戏一般的乐趣。

　　"第一天晚上，我们都没有睡着。我躺在床上翻来覆去，心想：要不走读吧，反正学校离家也近。第二天晚上就睡着了，我想：周末还是申请住校吧。"我们并排坐在车里，相视而笑。

　　五天的生活，全新的生活，真不知道从哪里说起了。"好吧，我就从第一天开始给你讲吧。"

第二辑

她们

她们，今晚聚在一家小酒馆里。

小酒馆拐角一处，圆弧形墨绿色靠背小沙发，围着一张木质小圆桌，抬头是造型不一的橙色小挂灯。娟首先到场，牛仔短裤绿 T 恤，一边落座一边招呼：真是过分啊，客人都到场，她们还不出现。话音刚落，敏出现。她扔给我一条长围巾，嘱我快披上，又从袋里掏出一瓶红酒，摆上桌。姗姗来迟者樟同学，手捧一白色搪瓷大茶杯，茶盖多处磕碰的印痕斑斑，杯身赫然写着"瑞安师范学校毕业留念"。大家一阵欢呼：二十年了，那是母校为咱准备的嫁妆啊！

樟将桌前轻轻巧巧的高脚杯换成踏实厚重的平底杯，脱去茶杯外套着的透明塑料袋，掀开茶盖，原是一罐杨梅酒。众人哗然：切——还以为带了老鸭煲呢！樟陶陶然捞出一堆杨梅，再倒上一杯杨梅酒。"来来来……"四只纤细高脚杯与一只又矮又搓的平底杯凑在一起，发出清脆的"玎玲"响，她们的聚会正式开场。

下午五点半到十点，斜阳西沉到夜深人静，小包厢外大餐厅里先是冷冷清清，接着众声喧哗，最后陷入一片清寂。散讲，瞎掰，痛骂，爆笑……她们的聚会还意犹未尽。

生命真是一段奇妙的旅程，谁又知道会在哪里遇见谁。有人与我们萍水相逢，之后相隔千山万水音讯全无，偶然相逢，居然仍能熟稔如昨昔。有人与我们也曾朝夕与共，原以为从此地久天长，不知为何，走着走着便散了。还有些人，命运之手随意抛洒，把毫无关联的她和她扔到一块儿，此后便在长长短短的时空里遥相呼应，常有牵连，乃至深深惦念。

樟是个美丽的女人，从年少时光一直美到中年将至。微微上扬的嘴角，总也荡漾着笑意；细长细长的眼睛，笑起来眯成一弯迷离的月牙；轮廓分明的脸庞，有着女性的妩媚，还有一股男子的英气。

她会将醉酒吐得一塌糊涂的女生拥在怀里，任其满身污垢流淌在自己新买的牛仔裤上，还能谈笑自如，从容安抚。她送十三岁的女儿远赴香港求学，让她从小学习独自走在拥挤的弥敦大道上，将不太宽厚的肩膀从容挺直，适应如潮涌动的地铁站台。她会放纵刚入小学的七岁男孩，在下雨天里如脱缰野马在校园里淘气。在公司里，据说那个未曾谋面的老总只需管好一件事，只因老总背后的女人能管好一万件事。众人只看到她作为一家企业的女主，丰厚的财富背景影影绰绰，却不知豪车、豪宅甚至豪门从来不是无中生有的结果。与越来越庞大的企业并肩同行的从来就是相对应的竞争成长的剧痛。忙碌与操劳，从来不是生长抱怨，还有见识与能耐。一个眼角细密小皱纹与灿烂笑容齐飞的女人！

娟姐姐，大长腿，俏短发，餐桌上的大话霸。什么叫滔滔不绝，什么叫口若悬河，通通靠边站。在她那儿，说话从来就是雨季瀑布，一泻千里，飞流直下，毫不犹疑。她坐在沙发上，蜷起左腿，一边唾沫横飞，一边手舞足蹈：男人、爱情、家庭、婚姻、教育……处处都有精辟的论断，时不时夹句地道国骂，真是酣畅淋漓。一边痛骂狗屎人生，一边灌溉心灵鸡汤，怎一个精彩了得！若将时光往前穿越几百年，她定是个倚剑走天涯的侠客，路见不平拔刀相助，江湖险恶快意恩仇！

秋嘛，乳白色小礼服，碎短发，耳环上缀着两颗闪闪的小钻石，钻石下垂着一颗奶白色小珍珠。她不会大声说笑，不会大声插话，一张纤巧秀气的脸，安静地笑，安静地听。不过，若做一个决定，选一个结果，却有着柔弱的外表下难得的干脆利落。那种果敢常让我惊讶回望，记忆深处那个眉清目秀的小姑娘居然藏着一颗强大坚毅能耐的慧心啊！

最好的听众还有敏，倒酒，斟茶，微笑。不是能言善道，最擅长给出耳朵专注倾听。她的眼睛是有魔力的，你的不安、你的喜悦、你的困惑，都会清晰地倒映在她的眼神中。她有时安静得就像不存在，却又是如此温暖的存在。在这个众声喧哗的、人人都爱说话的年代，她用安静的倾听掠走你惊艳的目光，让我在此后多年的独自行走中，都在不自觉地寻找这样一份安宁。

还有芳，那个与我趴在校园操场上晒太阳、啃瓜子、聊心事的女孩。太阳暖洋洋的，草坪有着少女心事一般的柔软。我们面对面趴着，说一些傻傻的不着边际的心思，翘起的小腿微微摇晃着。待后背晒得发烫，翻个身，抓一本书，摊开，盖在脸上，继续有一搭没一搭地闲聊。从午后一点到斜阳西沉，直将光阴虚度、青春挥霍。直到有一天我站在她的办公室门口，放眼眺望，她所要负责的那所学校，这一头一直看不到那一头。她指着远处：塑胶跑道刚刚完成，对面那幢楼的拆建手续正在审批中……那个有着细细柔柔的嗓音，有着如瀑布倾泻的一头披肩长发的小女孩，早在岁月深处长成一个成熟干练果敢有担当的女子！

这世间有太多的文字去描摹男欢女爱了。那种排他的异性之恋，或缘起惊鸿一瞥从此缘定三生，或日久生情细水长流。那么轰轰烈烈、缠缠绵绵的开始，在片刻炫目如烟花的绽放之后，大多是要坠入彼此将就的一地鸡毛中。然同性之间的相知相携，那种一个词语就已道尽的默契，一个眼神就能明了的懂得，却给了女人最稳妥的体贴与长久的眷恋。

我不记得她们给了我的人生什么建议，我却会在每隔一段时间，如此强烈地想念她们。

恋衣记

就像躲避一场追讨，退至墙角，终也无路可逃。

年关将至，衣柜必须整理。其实，整理衣柜也是非常简单的事。有人说，提高生活品质的方法很简单，就是一个字——扔！一年内没有穿过的，扔；板型过时的，扔；大小不合身的，扔……

的确，只要你敢于舍去，整理起来是非常简单的。每天打开衣柜，这些衣物峰峦叠嶂，连绵起伏，略一使力，便觉摇摇欲坠，更有山雨欲来风满楼之感。事实上，每个季节，穿来换去的也就那几套。就好像惯性使然，一段时间内总会莫名地钟情某种颜色，独爱某种款式，就此一往情深，缠缠绵绵。这几套一般就在柜子最上端，或是摆在最外面。你所要穿的衣服是冰山上一角，是浮出海面的一部分。

而真正让你感到为难的，是沉在海底的一部分。也不知什么时候、什么缘故，它们就这样沉下去了。可能是换季，可能是厌倦，也可能什么都不是，只是就这样被忘记了。某日翻出箱底，对着一件泛黄的新衣裳，会一脸茫然，就像路上遇人熟稔地招呼，热情地寒暄，转身却怎么也想不起她是谁。

一年到底，似乎每天都很忙，忙到你都没有时间去管理，去眷顾海底下的一部分。忙，多么强势的理由，多么充分的借口。

有时也这样下个决心，一些衣物，一两年不穿了，你就毫不犹豫地把它扔了吧。扔了，空间大了，呼吸顺畅了，视野开阔了，心情就舒展了。

可是，扔，说起来那么容易，一做起来却很难。怪不得有个日本人要专门为"扔"这门活儿写出一本书，名叫《断舍离》。有人从中读出整理门道，有人悟出生命哲思。这三个字取得好啊！"断""舍""离"，如此干脆，如此决绝，不要犹豫，不留痕迹。

而事实上，我们明明知道再也回不去，却又难断舍离。就像《半生缘》中蔓桢对世钧说的那样：我们回不去了。回不去，粉身碎骨也回不去了。

很多男人一定无法理解女人，柜子里衣服堆得放不下，可每天还要为穿什么衣服而为难。知道我为什么赖床吗？因为没有想明白今天该穿什么衣服啊。季节一转换，又要为不知道穿什么而心烦。参加一个简单的聚会，本是无足轻重的几十分之一，却郑重其事得如走红地毯的女主。女人关于衣服上的忧伤与喜悦，只有女人自己能够懂。

柜子里的衣服都是曾经用心挑选来的。曾经朝夕相处，曾经肌肤相亲，曾经一起经历欢喜、遭遇尴尬。它们几乎都还留有自己身体的温度。但是，不知道为什么，有一天就是不喜欢了。说不清为什么，当初爱得死去活来，现在再见亦如陌路，甚至心生厌倦。真是非常惨烈的感情！

去年我用心挑选的玫红色大衣，穿了两回，合计起来还不到八小时，抵不上一个工作日的时间。之后就归入衣橱，再无出镜机会，就像被皇上纳入的后宫妃子，一两次临幸之后，从此深藏冷宫。一任宫花寂寞红，徒然闲坐说玄宗。

心中愧疚不安，今年入冬，我尝试着让自己再穿一次。前一天晚上，郑重决定，搭配好打底内衣黑短裙。第二天一早，穿上红大衣，在镜子前反复走几个来回，方笃定自在地走出家门。穿过拥挤的路口，走过熟悉的街道，我怎么觉得全世界只有我穿得像一面旗帜在招摇啊！身边的人都在向我投来异样的目光吗？走过学校大厅，那投射在玻璃门上的背影可是我熟悉的样子？

课间，给我送作业本的小女生靠着桌角，讪讪一笑：老师，你今天的衣服真好看！接下这个赞，却有百般滋味绕心头。中午吃饭时，忍不住挑起话题：你看我今天的衣服是不是很难看啊？同事讶然看着我：不会啊，我觉得挺好看啊。

下午回家时，站在路边等候好友的车子来接。我们在电话里约好时间地点。我站在路边，将自己等成一道风景，她的车子还是直溜溜地顺了过去。似乎幡然领悟，才在百米外骤然刹车："你今天怎么穿成这个样子啊？我一下子没认出来。"一句话让积攒了一天的玻璃心碎了一地。

只是去年的衣服，今年穿在身上，怎么就不自在了，好像浑身爬满了虱子一样难受？好友笑道，那是因为去年的衣服，已经配不上今年的你。

去年的我，与之一见钟情，就像茫茫人海中的惊鸿一瞥，自此迈不开腿，一定要纳于麾下，方才安心。当初心头的朱砂痣，此刻已是墙上的一抹蚊子血了吗？

扔了吧！扔了吗？难！压在箱底，装作看不见，当作从没有发生。让它们犹自沉沦，黯然，泛黄，直到再也无力忆起初见的心欢。

爱很短，遗忘却很长！

一声叹息

　　近日，某女星出轨新闻再次引爆娱乐圈，有图有照有真相。随之很多相关文章铺天盖地、接踵而来，或义正词严慷慨激昂，或诙谐调侃嘲讽揶揄。男女关系、婚姻生活、道德批判、心理剖析……由此及彼，由表及里。凡此种种，皆能妥妥刷出存在感。其实这种新闻，早无新意，事态发展路线基本相似：曝光，喧嚣，解释，道歉，沉默。然后如落潮海水，众声退去，舆论又有了新的焦点、新的鼓噪。无非如此套路，只是故事中男女主角时间地点改变一下而已。

　　某日听一友人抱怨，最近有点烦，前天一同学发现老公出轨，叫她跑去和事一回；今天又接一闺蜜电话，哭诉她老公几次三番发誓忏悔，但事实仍三心二意、藕断丝连。摊上这等事，寻常人尚且要陷入兵荒马乱的境地，落到明星头上，更要被掘地三尺的狗仔队炒得鸡飞狗跳了。围观群众就像一群无头苍蝇，一哄而上，嗡嗡作响。有人高悬道德宝剑唾弃臭骂，有人轻翻陈年旧照感慨世事难料、人心叵测，也有人善做智者痛心疾首，感叹"早知今日何必当初"……痛骂之，观望之，煽风点火之，都是那样尽心尽责、操碎了心的样子。

本是他人私事，为什么那么多人跑出来指手画脚？除了钟爱围观的劣根性，还是所有对他人事件的喋喋不休，都是对当下自己的直接投射吧。徐静蕾说出轨是人的本性。所谓出轨或是围观，本质上两者并没有谁比谁更多一些优越，彼此都是屈从了人性本能的召唤。

忠诚与否，几乎伴随每一个成年男女婚姻生活的始终，一路前行一路歌。婚姻中的男男女女，没有出轨，正在出轨，准备出轨。这是当下，不是永远。谁能够断定有一天自己会不会成为事件主角？主动或是被动。借公众人物事件，在纷纷扰扰的声音里，测量自己内心底线，言说规则社会中不可言说的人性秘密罢了。

婚姻生活、男女感情，是容易生病的。人与人之间的感情，唯父母子女之间，是终身确定的。那种感情与生俱来，深深根植到人体基因密码中。相互之间不得选择，也无法更改。注定了我是你的母亲，你是我的女儿，今生今世的注定！除此之外的情感，从来都不是非如此不可的必须。兄弟姐妹间，尚且有"本是同根生，相煎何太急"的追问，更何况荷尔蒙作用下的男人与女人的关系。男人与女人之间的感情，如果真的牢不可破，为什么要有结婚时在上帝面前的誓言？如果真的牢不可破，为什么还要一纸证书呢？

除了口头协议，还要有书面签字双重保障。这种仪式的发明，就是在根源上怀疑男女情感的不牢靠，或是对人性本身的不信任吧。

婚姻，是为爱情寻找一处栖息地，还是为一种关系寻找一道保护墙。

友人是某报记者，某次去参加一对老人的金婚纪念典礼。典礼现场儿孙满堂、高朋满座，宴会中央一对白发老人，一身唐装，面目慈祥，甚是温暖。友人走上前，拉着老太太的手，一脸钦羡：阿婆，你们真是好幸福哦。金婚啊，真是太难得了！老太太轻拍着她的手背，喃喃道：孩子，熬啊！都是熬过来的！

相爱容易，相处太难。二十岁的选择，是否适用四十岁的人生？婚姻就如一场长跑，刚开始，两人都站在同一起跑线上，随着一声枪响，一起出发，一起上路。但是，跑着跑着，慢慢地，两人无法同步了。中途累了，乏了，有人选择停止，有人还想坚持；有人在意沿途风景，有人惦记目的地荣耀；有人忠于原先跑道，有人偏离最初路线……于是，两人之间的距离就越来越远。止步者无法理解奔跑者的目标，奔跑者难以言说沿途风景，沿途风景又能解谁人的寂寞……

婚姻的证书锁得住关系，却锁不住感情。感情就如溪里流水，变化几乎是它的常态。为什么罗密欧与朱丽叶的故事广为流传，为什么《泰坦尼克号》里杰克与罗丝的爱情永不沉没，为什么《廊桥遗梦》的情节引发纷纷扰扰的争议？我们需要两个小时的暂离，暂时抽离现实人生，在极致故事中沉迷一刻，以投射现实人生中永生渴望却永难实现的情感需求。

都说婚姻是需要经营的。经营是需要能力与运气的，有人经营得风生水起，善始善终；也有人或时运不济，或能力有限，总是屡遭挫折，处处碰壁，濒临倒闭。经营得好或不好，看似两种现象，却不一定总能恰如其分地顺应两种结果。离婚，出轨，或是隐忍，都是婚姻生病的症状之一。现实人生的复杂性远超过书本的说教解理。有人手起刀落、各奔东西，有人隐忍将就、得过且过，也有人藕断丝连、牵扯不清。离婚者有之，隐忍者有之，也有人在不由自主地滑向不忠的境地——人性是一条常年用绳链牵拽着的狗，孤寂黝黑的目光中满藏着深不可测的未知。

那些毫无新意的新闻或是故事，总是会不断发生，不断生长，只要人性本身不变，婚姻制度不变。围观的群众，暂且少一些烦扰，少一些代入为好。说说总是容易的，不是当事人，永远无法感同身受。谁人拥有的感情终能经历风雨，终是至死不渝，终归完美无缺？无法明了，纷纷扰扰、絮絮叨叨，终化一声深深的叹息！

邻座的女人

夏日，午后，咖啡馆。

一杯冰饮，一本《妻妾成群》，一缕慵懒的旋律若隐若现飘在半空中。

一长串高跟鞋敲击木楼梯的声响。在我身后，落座两个女人。

一阵热切的寒暄后，清脆的声音像停歇在窗口的喜鹊，叽叽喳喳，每个字节都是落在树荫下的滴滴暖阳，响着叮当的光。

我从书页里抬起头，从陈家大院满是狐疑的井口边抬起头来。

喧哗声停止。耳边复现慵懒的旋律，若隐若现，在这个慢悠悠的午后。

挺好的，就这样面对面地坐着，不挺好的吗？

厚重的窗帘布撩开一角，靠北的窗户外，有满墙的爬山虎叶子在微微荡漾。那些被切成一条条、一块块的阳光，渐次铺在墙头，铺在叶片上。

这里，就是适合发呆，适合虚度所有的时光。

没有人向你侧目。

我轻呷一口冰饮，含着一股清凉在唇舌间，停留一会儿，就像将深冬捂在手心，捂在盛夏的枝头。回到书本里去，回到清冷诡异的《妻妾成群》里去。

"我真的想不通他们为什么会这样想问题……"一个沙哑的声音，压低了音量，从身后传来。

很显然，闺蜜间的窃窃私语从现在开始了。刚才的静寂，只是正剧之前的一段酝酿啊。如果耳朵也能像眼睛一样随时关闭就好了。

"当初那套房子，我就提出来不可以这样来处理的……""我的那个小姑就是这个脾气，怎么也说不通啊……""你看楼下那个车库，我早就说过……"

声音断断续续，隐隐约约，从身后传来，落在我的书页上，滴在苏童的文字中。

两个人的对话，已经非常明确地落定了主次。一个是倾诉者，一个是倾听者。

这是一个很好的倾诉者，表达流畅，情感饱满，抑扬顿挫，停顿粘连都恰如其分。这也是一个很好的倾听者。我想，她一定坐在对面，双手托腮，凝视闺蜜，眼神中全是专注与同情。

这是一个有着满腹委屈的女人。这个女人在一群由公公婆婆小姑兄嫂组成的家庭中，显然是不得志、不如意的存在。

要不，我换一个位置吧。天下在家务事中受尽委屈的女人很多，天下家务事纷纷扰扰的样态也差不多，而困在家务事中絮絮叨叨的女人都有一张不好看的脸。

我只是想要一段清朗的时光。

等等，这声音怎么那么熟悉？有点沙哑，有点硬朗，还有一点点婉转。循着这样的声线，连接到记忆深处的一个熟人，一个隔在路人与朋友之间的熟人，是那种在偶遇的场合会热切地招呼，招呼过来便哈哈天气真好的熟人。

会是她吗？那是有着满面春风的一张脸，那张脸的后面常跟着一长串光鲜亮丽的履历表的成功女人。

我不敢确定，更不敢转身。

服务生经过，高高的个儿，殷勤的姿态，停留在我桌边，俯身问道：需要给您再加水吗？

我缩在沙发里，眼睛盯着书本，摆摆手，不言语。

我担心一出声，一转身，撞见一张愕然的脸。那样的话，我该怎么说？还是哈哈天气真好？我想我该把自己埋到书页里去，埋到故事里去，埋到那些又阴又冷的文字里去。

"真的，就是怎么也讲不通。他们所做的事情，我的心里啊，感到薄凉薄凉的……"那么漫长的言说，那么汹涌的委屈，应该将近尾声了吧？

可是，谁能懂得女人的心事呢？无关起承转合，不必过渡衔接，也能高潮迭起，还可从容地细水长流。

"再讲，那套南门头的小套房……"

"要是当初听我的……"

"我们家的那个……"

…………

穿过细细碎碎的满腹委屈，懒懒的旋律还在咖啡馆半空里盘旋着。那个沙哑的声音，像个叮叮当当的鼓点，落在眼前这白底黑字的页面上，落在窗外闪闪烁烁的叶片上。我合上书本，望向窗外。看那条条块块的阳光，丝丝缕缕，碎成片，碾成粉……

不知道什么时候，沙哑聒噪的声音停止了，懒懒的音乐隐约流淌开去，好像缓缓浮出水面的太阳，刚刚苏醒过来的样子。

不一会儿，身后走出两女人，匆匆经过我的桌前，踩着木楼梯咚咚下去了。一股茉莉花的香味，淡淡地在空中弥漫开来……都是一双黑高跟单鞋，都是一套白底蓝条裙装制服，可以想象一定都有一张妆容精致的年轻面庞。

看看手表，此刻，周一下午五点。

女人美丽

　　这是一个娱乐至死的时代。元宵、七夕、情人节、圣诞节，多少似是而非的古节、洋节，都被玩成花枝招展、欢天喜地的样子。可是，妇女节却要例外。

　　三八妇女节，一个正儿八经的国际性节日，本是向妇女同胞表达关爱、表示敬意的节日。可是，妇女同志并不领情啊——三八妇女节快乐！谁妇女啦？你才妇女呢！三八！小女子我永远年方二八，正当娇艳如花。

　　美美的祝愿，一不小心咋就招来一双白眼、一顿呛呢！

　　"妇女"一词，词典里解释为成年女子的统称。在我们传统观念中，一般指已婚并有孩子的女性。妇者，一个女人、一把扫帚，自然让人联想到厨房、餐厅里蓬头垢面擦擦洗洗、摸摸索索的黄脸婆啦。妇女，那是韶华已逝、风韵渐失的代名词。满脸苦楚，一身赘肉，稍有不爽就能在街头村口撸起袖子唾沫横飞、肆无忌惮的那种。当然也有这样的：孝敬公婆，帮扶老公，和睦四邻；教子有方，持家有道，友爱亲朋。总之，她勤劳勇敢、善良朴实，乡里乡亲美名十里传，所有传统美德标签统统贴她身上都不过分，是那些"感动某某""最美某某"标准候选人。

妇女节，好像是专为这种人准备的。对于大部分女人而言，前一类不足挂齿，后一类也高攀不起。而且，"妇女"一词，历史沧桑感波涛汹涌滚滚而来。女人，最忌讳的就是年龄啊！即便女儿已上高中了，站在马路边被视力不好的人称呼一声"姑娘"，心口也是要扑腾扑腾直跳，恨不得抱着对方亲一口的。

我们只是个普通小女子，过着寻常的小日子。那个郑重其事的节日，姑且绕过吧。

但商家总有无限创意来激发无限商机，那些面目陈旧得一如过气女星的节日，总也能够旧衣新穿，玩出花样。某日在一商场闲逛，一张集温馨与浪漫于一身的海报赫然张贴在橱窗内，忍不住驻足回望："女人节"！三个娉娉婷婷的字眼儿顿时逗人莞尔一笑。好听！女人，比起"妇女"来，实在是要婀娜多姿、风情万种得多。

女人，是对一种性别大大方方的直面与昭示。我是女人，我爱女人，我要做个幸福女人！这真是一个伟大的进步，当这个社会坦然许以女人以身为女人而傲娇之时。

在传统的中国，重男轻女已然根深蒂固。身为女人与生女儿的女人，几千年来承载了多少辛酸凄楚的故事。孔子曰：唯女子与小人难养也；莎士比亚说：女人啊，你的名字是弱者。女人，早已不是一种简单的性别称号了，它是卑贱、屈辱与柔弱的近义词，它又是负重、隐忍与不屈的代名词。做女人好难，致使女人为身为女人而自惭形秽。

商家有其商业企图，它的创意营销却在无意中道出女人该有的另一种姿态。"女人"就是女人！女人的柔弱、女人的妩媚、女人的坚韧……所有女人该有的样子，真实存在，坦然面对，欣然接纳。男人活得像个男人，女人活得像个女人，那才是一个正常、健康而美好的社会。

妇女节，女人节。一字之差，天壤之别。

不过，"女人"一词，毕竟还是普通了些。身为女人，活成女人，本也理所当然。一味地宣扬，反而有用力过猛的矫情。女人，还可以有更精彩的方式表达。于是，"丽人节"应运而生了。哦，这个好，果然更胜一筹。一个独立自信、从容淡定的白领丽人即刻款款走来。她可一身干练女装，穿梭在公司商场写字楼里，纤细的笔尖挑起千钧重任；她也能一袭低胸礼服，流连于晚会酒宴餐桌前，荡漾的红酒如丽人眼底一抹迷人的秋波。可以细高跟鞋纵横职场，可以舒适球鞋飞扬球场。丽人，美丽女人，那是女人为这个世界画出的一道亮丽风景。

今年，这"丽人"一词也已然老旧。不断推陈出新的时代，老的词、旧的调怎可重弹？丽人还没有走远，女神来了！女神节，才是今年女人要过的节日。三月八日，我如往常一样，被闹钟催醒，打卡上班，一样进课堂，一样改作业。课间休息，点开朋友圈，节日祝福已如雨水般哗哗落下："女神，你从讲坛上走来；女神，你从学生间走来；

女神，你从家长群里走来……"男同胞们不吝溢美之词吹捧得女人们不知身在何方了。丽人还站在人间，女神已然脚底生风，飘飘然带着仙气，忘乎所以了。

办公室里暖男准备的蛋糕很甜，鲜花很美！女神应该什么样呢？女神应是活得更自在、更笃定些吧。她明白自己在哪儿，她懂得自己要什么。她会多情善感、游移不定，她能从容理性、干脆利落；取自己应取的，舍自己该舍的。取舍之间年华渐逝、岁月老去，她还美丽！

爱，不确定

　　"老师，我有一些话想要跟你说说。"刚起了个头，女孩的眼眶便泛红了。

　　我将一叠纸巾递给她。女孩性格直率阳光开朗，从苏北小镇求学浙南小城，再辗转入职西子湖畔。我想象她提着行囊独自上路，站在陌生街头的暮色里，捧着简历等在晨曦中的单位门口，不犹疑，不怯懦。独立的姑娘有着秋风飒爽的勇敢。这一刻，为何柔弱至此呢？

　　女孩是我的实习生，还记得第一次见到她的样子。去年下学期，每周一上午，因为学院里没有安排功课，她就跟着实习的学姐来听课。瘦高个儿，一头长发扎成马尾甩在脑后。一张方脸庞，眉目清秀，五官分明。话语不多，只是专心地听，一双黑白分明的大眼睛，微蹙的表情，很专注地盯着你。有领悟，有困惑，还会质疑，很好学。

　　一年后，学姐毕业，女孩走进校园，开始了真正实习生活。三个月的实习。听课，上课，反思，整理。她一边忙着实习，一边关注各类招考信息。比起往年，今年招考时间提前，难度提高。学业焦虑、就业压力，接踵而来的紧张忙碌，让她光洁明媚的脸上布满密密麻麻的小痘痘。

从初秋到深冬，实习，应考，招录，入职。毕业论文也通过中期检查，成果在望。翌年开春，在另一座温文儒雅的城，女孩的生活新篇章即将徐徐开启。绷紧的弦总该微微松松了。

爱上了一个男孩，什么都好，可就只有专科文凭。家里人坚决反对，爸爸妈妈姑姑们接连打电话催问，分了没、分了没，你一个研究生，找一个专科生，丢不丢脸啊？老师，文凭真有那么重要吗？他们为什么都不听我说说呢？

"我不是一个爱哭的人，可提起他的名字就要落泪。"女孩抹着眼泪，"一直以来，我和妈妈都交流得很好。可是，这一次我真的很难受，为什么他们都不理解我。以为高学历就好吗？我身边也有很多高学历的男生啊，可是我见过这些男孩都是些什么人啊？他们约你吃个饭，唱个歌，喝上两杯，就坐在你身边，一只手就往你腿上蹭。老师，你说这学历有那么大的关系吗？"

女孩一边用纸巾擦眼泪，一边委屈地质疑。

人在每个年龄段都有自己的焦虑与不安。我在羡慕你的如花年华，缓缓展开一切皆有可能的篇章。你也在承受着一段难以承受的情感焦灼。

学历当然不能够等同于什么。但是，你不能否认，它在某种程度上能够代表着什么。教育是一场不断被筛选的过程。尽管这个证明你学历的本子，也许只在你走出校门投递简历的那一刻会用到。可是，一份光鲜的学历背后，往往有着一个生命个体良好的家教、习惯、品行与思维品质的结果。这背后的因素，却是在放下学历之后依然会在工作与生活中迁移并且终身跟随的。所以，以教育出身为门槛的招录规则正是为发现人才降低成本、提高概率啊。

我在表达对学历的理解。可是，我也不确定学历能够为爱情保障一些什么。只是孩子，请你理解父母这份忐忑不安的深爱。每个人都有一份因自身经历而生长出来的认识与观念。那些絮絮叨叨的"不可以""不可以"，有着他们曾经刻骨铭心的疼痛与教训吧。把这些积攒起来，一股脑儿塞给自己的孩子，希望在你的生命历程中不重蹈覆辙，能从容避开，谁说不是合情合理呢？

只是，每一个独特个体的生命历程，从根本上而言，又有多少是可以复制的呢？生命是一次独自摸黑前行的夜路。没有真正站在舞台正中央，从来无法体会聚光灯下万众瞩目中不可遏制的砰砰作响的心跳，尽管你已经在剧场的6排8号观摩了无数场精彩演出。

原谅父母们在你的爱情中精打细算的世俗。千帆过尽，鲜有美满婚姻。在这个纷繁变化的时代，永恒的爱情是一件可遇不可求的限量级奢侈品。多少踩着华美地毯走进婚姻的爱情，终归败在了巨大凶猛的世俗面前。与其将来被动迎战，不如此刻就做好充分准备。这是多少父母在阅历与经验之后无奈的总结吧。

为什么当初怀揣憧憬的样子，终于走向不得已的沧桑？是什么伤害了我们的爱情？房子与车子的重壳，天涯与海角的隔阂，抑或未可预知的性情本身？

天下的父母们，爱得深切，也会生出多少幼稚的愿望。比如，为你的未来情感选择一处最妥当的地方，拥有长长久久的确定。可是，那么多诗篇描写爱情，谁又见过她的样子？那么长久的一生，又有几人能为年少心动信守终身的许诺？

爱啊！那么不确定。

我们终身渴望，也终身在疑虑中。

深爱你的父母们，只是想为那不确定的爱啊，系上更多更多的保障。

或者，关于感情，我们都是终身的囚徒。千古诗篇、千万美文咏叹爱情的样子，也无法通透一个普通女孩彻夜难眠的疼痛。

给自己一段成长的时间吧，从求学的校园，走向就业的校园。它会给你一个更加广阔的空间，给你一片全新的视野。把这份在你看来至高无上的爱情，让它在时空的旷野里再飞一会儿，如果当下你还无法在自己的内心、父母的权衡、爱情的确认当中找到最好的安放方式。

女孩擦拭眼泪，露出笑容，像云开雾散的天空，现出无可描摹的蓝，"谢谢老师，我懂了"。看着你漾起笑意的脸庞，我也笑了。我只是倾听你的声音，同情一份青春的茫然，言说我这一路微不足道的妄想。

走在爱的不确定里，做情感的囚徒，你我都是如此。

花店里

花店。临街。

三米宽门面，"鲜花批发"。

踏进门内，不足十平方米，三面靠墙堆积着各种捆绑着的鲜花，两台冰柜。临街一面玻璃墙前摆了几束鲜花，玫瑰、百合、康乃馨……

门口跟进一个小个子女人，三十多岁的光景。

"要哪一种？我们这里都有。"小小个子，仰着头，努力向上生长的样子。蜡黄的脸，嘴角微微一撇，便显出两条深深的皱纹。

探望刚刚出院的朋友，选择了一束康乃馨。

"搭配一束鲜花要多久？我赶时间的。"

"很快的，十分钟就好。"

到对面店里再买一些礼物，如此来回，鲜花也该完成了。

阳光很好，照在小店门前。我回到店里，只见小店中央一张方凳子上，摆着一盆还未完成的鲜花。一个中年男人围着鲜花，扦插，修剪。一团红艳艳的康乃馨，中间围着几枝粉色百合，打开的、合拢的、半开半合的。

我等在一旁，和朋友约定好的时间快到了，可这里说好的"十分钟"还遥遥无期。男人的一双手在鲜花上东点一点，西挠一挠，怎么总感觉还缺了一点什么呢？我看看靠窗户柜台上摆放的几盆鲜花，簇拥在一起形成大圆盆形的，或是从高到低依次斜靠着摆放的，还是挺像样的啊！

男人从身边凳子上抓起一圈粉色彩纸，在鲜花边靠了靠，又拿起一圈紫色的，依着鲜花四周围成一圈。没有收拢的底部，看起来像个大水桶。

"怎么都不好看啊？"我嘀咕着。

"外面还有一层的。"男人说。

他一边低头将这一层总也不服帖的彩纸拢了又拢，一边招呼着门外的女人。

女人端了一张小放凳，坐在门口，朝着太阳，低头看手机。

听不懂他们在说什么，全是叽里呱啦的方言。

从这门里门外来来回回的语气中，听得出来，他俩在吵架。男人的声音毛躁躁的，好像一块用旧了的抹布。双手将这束鲜花不断转动，也不知道想要做点什么，几根手指揉搓彩纸的响声凌乱而烦躁。

门外的女人却毫不示弱，坐在小方凳上，弓着背，低着头，一条腿叠在另一条腿上，悬在空中的细高跟鞋脱出脚底，一摇一晃的，尖而细的声音像不断扔进来的小石子，在这个局促空间里啪啪作响。

"不要吵了。你专心点好吗？我要赶时间啊。"我忍不住催促道。

我看着这团鲜花，总觉得不是个味儿。如果不是时间太赶，实在应该换一家的，怒气冲冲的双手怎么可能摆弄出欢欣的花束？

"快了，快了。"男人看出我的不悦，两手在鲜花四周彩纸上摸索着。

他站起来，移开两盆鲜花，推开冰柜门，里面居然全是一团团捆扎着的鲜花和枝叶。见过它们在阳光下没有教养自由自在生长的样子，也在窗台前摇摇晃晃一如从良的风尘女，再比如在茶几上温文儒雅、点到为止的进退有度，却还是第一次看到这一团团、一簇簇堆积在冰柜里的生命！

男人的手在里面翻动几下，蹙着眉头，扬声向外问询女人。

女人从门外冲进来，十来寸的细高跟发出一阵密集的"噔噔噔"。伴随着一长串呱啦呱啦的愤怒，她扫开男人放在冰柜上的手，"嘭"的一声，冰柜合拢，两盆鲜花原位复原，"嗖"地拉开另一台柜子，一整排白花花的满天星闪在眼前。

男人悻悻然，"我明明记得已经放那里去了啊"。

得势的女人一转身，向着墙角一处楼梯口走去，一转眼就不见了。头顶上传来一阵鞋跟敲击地板的声音，家具相互碰撞的声音，混合着女人含含糊糊的怒骂声。

"她是你老婆，还是你的店员啊？"我小声问道。

"都不是。哎，说起来太复杂了。"男人摇摇头，单薄的脸庞蒙上一层愁苦："总是这样总是这样，做一点点事情，就是钱钱钱。"

他苦着脸，将一簇簇满天星零零散散洒在红色康乃馨上。粉色百合亭亭玉立在花束正中央，或怒放，或合拢，或半开半合。

偶遇

　　初春阳光亮闪闪的，落在香樟枝叶上、早开的樱花上。春风荡漾，花枝轻摇，恰似少女浅浅的笑。学校操场地面刚刚剥去了塑胶草坪，裸露着灰青色水泥地，走上几步，不时还要提防地面上的坑坑洼洼。这让习惯了绿色草地深红跑道的视线略觉生硬。

　　会议间歇，很多人挽着手，搭着肩，自然地聚拢在一起，旧闻近况、八卦传说飞速流转。遇上老同学、老同事、老朋友，惊喜地招呼，寒暄，俨然一场不经预设的老友聚会。我侧身向前，融入其间，装作专注又投入的样子。

　　我听着周边很多惊喜的招呼，然后亢奋地握手。"好久不见了，有好几年了吧？""最近在哪里？怎么样啊？""哈哈哈……""哦哦哦……"这样的热烈常让我深觉不安。

　　我慢慢地学会试探着靠近这样的小圈子，略微一扫，几张熟悉的面孔，却都想不起他们的名字。但哪怕只是站在圈子的外围，与他们保持同样一个方向、同样的一个姿势，发出同样一阵笑声，也是让人感到安全的。

身后传来一男士犹疑的招呼声，我转身，一阵讶然：陈校！急切向前，主动握手，努力把惊喜全写在脸上，脑海中急切搜索着一个可以彼此对话的话题。

他微笑着望着我，我亦微笑着望着他。微笑中有着几多尴尬，只有彼此明了吧。我双手插兜，装作随意地问道："现在在哪里？""还在那里嘛。"他说。一个早已是一目了然的答案，也是最安全的问答。这一刻，聊些什么呢？老同事吗？能够想起来的名字还有几个？十多年之后若是还能清晰地说出谁的名字，首先打听谁的消息，都是一种过于暧昧的怀念吧？更何况，十多年都没有见面，也真的是对谁都没有了回忆的兴味。

一个十多年没有见面的同事！虽然，十多年前，我们曾经同一个办公室，面对面办公，有时一天几乎八个小时面对面。他要结婚了，他将做爸爸了，他的生活出了一点小麻烦了……都在我对面隐约上演。后来，他离开了；不久，我也离开了。换了一个环境，结识一批新的同事，开始一段新的工作旅程。每天脚步匆匆，急切向前，所有的过去都在恍惚中成为模糊背景，遥不可及的背景。

在这个热衷家长里短的小城里，人们对于熟悉的陌生人的私事总是充满过分的热衷，升迁、遭殃、发财、破产、结婚、离婚、恋爱、第三者……哪怕无关紧要的他人，也愿意费心窥探。茶余饭后的谈资，高谈阔论的底牌，引经据典的脚本。

　　虽然好久没见面，但一些只言片语的消息，还是通过同学的同学、同事的同事、同学的同事、同事的同学断断续续地传来。比如说升迁何方，家安何处，结婚几次，又离婚几次。某次餐桌上，有人提起，打着哈哈：他这个人啊，也是一个奇葩。让人深感欣慰的是，一桌子人埋头用餐，无人应答，致使这句充满悬疑的开篇只得戛然而止，无趣落幕。

　　成为主角的原因是他结婚，离婚；再结婚，再离婚；第三次结婚，不知是否还要离婚。在这个不大的小城，结婚离婚本不寻常了，多次结婚离婚就更惹人非议了。特别这个话题落在长年生活在体制内，早已习惯了循规蹈矩的一群人中。

　　人们津津乐道着故事中一段一段想当然的情节，流传着一个一个想当然的版本：外遇说，性格说，婆媳关系说，经济纠纷说……还有高人一针见血地指出：所有理由都为掩盖一个本质的原因，这些女人都没有为他生下儿子。这个版本似乎最令人兴奋，并且最符合一种因果关系冤冤相报的猜想。与第一任妻子离婚，留下一个女儿，前妻很快嫁人，生下一个儿子；与第二任妻子离婚，留下一个女儿，二前妻很快嫁人，也生下一个儿子。

　　结婚，离婚，离婚，结婚……反反复复的婚姻关系，像悬念迭起的戏剧，像一波三折的小说，让这个原本寻常的名字，蒙上一层神秘又奇异的色彩，似乎那个他，早已不是当初那个坐在我对面的稳重勤勉的他了。

我站在他对面，微笑着；他亦看着我，微笑着。

应该说一些什么，该说些什么呢？

圆圆的头顶上发线稀疏，软塌塌地贴着头皮。十多年的光阴还是清晰地留在他的脸上。我在与他对视的一瞬间，在阳光下，那张微微泛起笑意的脸上，眼角的皱纹、嘴角的皱纹，向着四处蔓延开来，细细密密的，布满了整张脸，像秋季收割后的土地，干裂，荒芜，苦涩。

他不幸福！所有的故事背后都是一个个事故吧。他人口中津津乐道的逸闻轶事，充满传奇色彩的跌宕起伏，都是他具体而真实的人生历程，一点点、一滴滴，都细细密密地刻画在眼角，在嘴边，在脸颊，在心头。那个他人眼中的"奇葩"，真实地站在我面前，有一些羸弱，有一些局促，还有一些不知所措的苍凉。

我将目光移开。从他身后迎面走来另一熟人，我急忙向她挥手，招呼，好像久别重逢，有千言万语一诉衷肠。那朋友很配合地迎上来，我们握手，寒暄，彼此夸赞。

他站在一旁，微笑着，挥手，走开了。

往事

一楼点餐区，我随着服务员的指指点点，在一排海鲜摊前走走停停，推敲着今晚的菜单怎么安排最合适。"章老师，你好！"抬头，右手边一高个儿男士，看着我微笑着。我一阵茫然，脑海中极力搜索着这一似曾相识的面孔。

"我是伍林的爸爸。""对对对，我记得。"我为刚才的迟疑有点抱歉，像弥补一般忙不迭地热乎着。他微笑点头问好，我亦点头微笑问好，然后各自向着另一处走开。

海鲜摊点围着一根极为粗壮的柱子。我走走停停，绕了一个半圈，在侧身的余光里，又遇上伍林爸爸。他们一群男男女女围在一个海鲜摊点前，饶有趣味地品头论足。伍林爸爸高高的个儿，很显目地立在人群中。他的身边，贴身靠着一位穿着粉色棉质衣裙的年轻女子。那女子长发披肩，衣着随意，一副刚从慵懒的卧室里被拖出来吃晚饭的小女人样态。她亲昵地靠在他身旁，从侧后方将下巴挂在他的肩头，翘着嘴巴贴在他耳边在呢喃着什么……我忙转过头，装作什么都没看见。

与伍林这孩子仅有一年的师生缘分，对他们一家子印象却很深刻。已多年未见面，但轻轻一点击，一些往事便很自然地闪现出来。第一次读到这孩子的名字，便很自然地记住了。在一长排三个字的名字中，突然出现一个四个字的，这一突兀的长度就会让人停顿。细一瞧，原来在他的名字前面分别站着爸爸妈妈两个姓。"伍林"，显然是伍家公子与林家小姐的一段爱情结晶。将这段情缘化为孩子的姓名，天天被呼来唤去，也是一种甜蜜的炫耀吧。"伍林"的读音常让人联想到"武林"二字，反而在日渐重复中倒忘记了后面的名字。"伍林"（武林）倒成为名副其实紧密相连的整体。

唤作"伍林"的男孩，倒是真有一股大侠的气魄与做派。刚入学第一天，下午上课铃声响过好几分钟了，才见孩子满头大汗冲进来。他热气腾腾地站在教室门口，脸上挂着的边框眼镜断了一只脚，斜斜地搭在鼻梁上，沾满汗水的白 T 恤衫黏糊糊地贴在后背。面对班级里几十个孩子讶然的目光，他不慌张也不着急，对我说："老师，我身上都是沙子，要去厕所洗一下。"俨然是个小大人，从容应对着一切意外，颇有见惯风浪的大气度。

我却是给吓了一跳：你的眼镜怎么啦？身上怎么都是沙子啊？

"没事，没事，眼镜刚才掉了。沙子也没有关系，我去厕所里擦一下就好了。"他倒反过来安慰我的大惊小怪，一副经验老到、处变不惊的模样。

他到座位前，拉出抽屉，掏出一包纸巾，还是挂着断了一只脚的眼镜，甩着膀子，迈着外八字，向厕所里走去。

我跟着他来到厕所，站在洗漱台前，一边帮他擦拭后背的泥沙，一边询问："你身上怎么会有这么多沙子啊？""没事没事，我刚才和阿凯在大操场沙坑里玩沙子，两个人都往对方身上撒，看谁撒得多。"很显然，这一场比赛他是输了，谈话间却没有失败者的沮丧懊恼，全是淡定从容。那副断脚的眼镜，也就在两个人推来推去中掉到地上。而摔断眼镜脚，当然也不是第一次了。

下午放学，孩子的爸爸来接他。我忙将孩子中午在学校发生的事转告给爸爸。

爸爸瘦高个儿，不责备，也不恼怒，轮廓分明的脸上挂着安静的微笑。他接过孩子后背的书包，挂在自己肩膀，拉起孩子手，与我微笑道别。

相对于孩子的闹腾，爸爸真是文静得很———一对有趣的父子。

这位爸爸从来不多说一句话，或对班级建设的一个小点子，或是对老师工作的一点小建议，从没有。他总是安静地笑眯眯着。但只要班级里需要家长来帮一点什么忙，他总会安静地出现，有时趁着午休时间，来为班级挂个窗帘；有时下午放学后，来班级安装个书柜。做完事情，他就与老师微笑道别，从不停留一会儿，与老师寒暄几声，或是客气一下……安静地做事，安静地离开。

偶尔，放学后孩子的妈妈来接。妈妈很漂亮，大波浪棕栗色的长发自然披散，白皙皮肤精致妆容，一身深红蚕丝连衣裙隐隐约约勾勒着妙曼身材。妈妈是做美容工作的，说起她的美容厅，居然就在我每天上下班路上经常看到的一家。一个简洁明媚的名字，立在一座大楼正面，向着大马路，来来回回的人们一眼扫过，定然不会忘记。

妈妈给办公室里留下一叠美容推广券，只是这群老师大多没有上美容厅的习惯，包括我。所以至今也没有进入那家美容厅。而这位美丽的妈妈，至此之后，就再也没有见过。

后来，接送孩子的一直是他外婆，一位从容利索的中年妇人。

有一次，我们无意中聊起：孩子都是你带吗？真是辛苦啦！

外婆脸色黯然：他妈妈身体不好，孩子只能给我带，没办法啊。我一阵愕然，无法相信：那么精致妆容、妙曼的身材，浑身上下都是难以掩饰的魅力啊！可怕的病魔会藏在什么地方……

孩子的爸爸，还是经常会在班级里有需要的时候，安静地出现，安静地解决问题，安静地离开，看不出因为妻子的健康问题在他脸上留下痕迹。

今晚，我看到了他，身边站着另一个女子，笑盈盈地靠在他的肩头。那个曾经与他共同孕育生命，将情缘紧密相连在孩子姓名中到处炫耀的美丽女子，已成为他的往事了。

杭城之恋

第一次前往杭城是在二十年前。那时每年两次参加杭师院的集中学习，每次近二十天。到杭城最好方式是坐长途卧铺汽车。晚七点从温州出发，第二天早七点到杭城醒来。说是八小时路程，但中途基本有意外，比如塌方修路、事故绕道等，很寻常。某次出行还遭遇一场深夜抢劫，两位半路上车的翩翩男子，在子夜一点钟左右，待所有乘客进入梦乡，掏出匕首，搜遍全车。直到一位半梦半醒的老者失声呼救，才惊醒梦里旅客。一阵叫嚷推搡，劫匪背着麻袋举着长刀仓皇下车。之后车子到就近派出所报案，警察深夜接警查看问询做笔录。车子再次摇晃着启程，惊魂未定驶入杭城，已是第二天午后一点。所以能够迎来杭城清晨阳光，都是谢天谢地的一路顺风了。

学习地点在杭师院内，坐落在文教区。学校左邻右舍都是高校，浙江幼儿师范学院、杭州商学院、浙江财经学院……这让我这个刚从学校毕业的新教师，内心充满如鱼得水的归宿感，好像重回学生时光。七八月份，晚六七点，暑气未退，夕阳余晖还在天边荡漾。街道两旁人行道上各式摊点早已依次开张，衣物、首饰、日用品，样式繁多，价钱实惠，穿梭期间挑挑拣拣的学生络绎不绝。其中最多的就是旧书摊。摊主在人行道上铺开一张塑料布，上面整齐斜靠着几排旧书，叠放几摞旧杂志，一块钱一本。一些久闻大名的杂志或书籍就在旧书堆里委屈着。摊主也不勤吆喝，大多时候自己也捧了一本书，蹲在书摊一角，就此与世隔绝；待有人举着书嚷嚷着要付钱了，才从那前朝故事里抬起头来。

　　白天，我在杭师院内上课。窗外阳光刺目尖锐，似能将坚硬水泥地烤成焦黑，院子里樟树、榕树，枝繁叶茂，绿得发亮。枝丫深处知了叫声放肆而高亢，盛夏的狂欢，不眠不休，不依不饶。讲台上的老师很尽责，一样的节奏、一样的语调，从先秦到明末，从艳阳到日落。那个古汉语老师，一头黑发已经稀疏成秋后的荒野，松垮的裤管泛起旧年的油光。老师是待在古汉语里太久，忘记了回家，还是忘记了穿越回到当下？

　　下课后，约上三五同学，西湖边三潭印月、花港观鱼，孤山脚下梅妻鹤子，净慈寺里南屏晚钟就不用说了——即便只是在校园周边走走，我也是很喜欢的。人行道上铺着古老的青石方砖，安静而舒缓，就像踩在唐诗宋词的韵脚上。靠里一侧往往是高高的围墙，有黑褐色铁栏杆，按捺不住满园绿色千年书香。路旁梧桐树高大又苍凉。我从这一条街走向另一条街，没有目的，也没有方向。杭城，是适合读书、适合恋爱的地方。

与我同寝室的好友，果然在街道拐角遇见心动的少年。少年是警校学子，有着挺拔的身姿、俊朗的面庞。每当好友来杭城学习，少年就会穿过几条街走上几里路，披着一肩斜阳，站在寝室门口傻傻地笑。他们一起看电影，一起逛西湖，几乎走遍城市的角角落落。杭城，那些温婉的风，那些枯黄的叶，那些静默不言的古老传说，都是少年爱情的动人背景。

学习结束，书信在两座城市之间奔忙，有时隔周，有时半月，信纸轻薄，眷念深重。一晃又是半载，她再次来到杭城。这座城市因为一位男孩的存在，已成为她青葱岁月中最长情的牵挂。那时电话不便，也没有手机。她放下行李，便兴冲冲地向着几里外另一所高校走去。踩着一路泥泞，寻寻问问，居然找到画在信封上的地址。

她说自己第一次在一座陌生城市里独自一人走了那么远的路。站在少年的寝室门口，晕乎着简直就像在梦境。她不知道敲开门会撞上一个怎样的惊喜。浅蓝色木门打开，门内探出一张陌生面孔。"你找谁？"她一时愕然，不知如何回应，恍惚一阵，才猛然想起此行目的。那室友侧着脑袋，想一想，不太确定地回答：他啊，可能是去找某某去了吧。听不清那个陌生名字，凭直觉，那是个女孩。

她不知自己是怎么回到住处的。初秋时节的杭城，天色阴沉，树叶凋零，一路到处都是正在翻新建设的工地，机器轰鸣，尘土飞扬。她走在坑坑洼洼的泥地里，脚步凌乱。女孩的直觉是很准的……

集中学习又是一个二十天。日子也是一如既往，我们一起上学，一起放学，一起轧马路逛校园周边旧书摊……

某个没有任何特别的晚上，男孩站在了寝室门口，还是一样傻傻地笑。他们还是在文教区内的人行道上散步，在校园内停留歇息，就像从前一样。周末的校园很安静，几处灯光微弱地亮在漆黑的夜里，走累了，他们在校园绿草地上坐下。

他望着漆黑的夜，说：我爱上了一个女孩。

她望着漆黑的夜，感到一阵哆嗦，是入秋起凉了吗？

他说：我是很喜欢她，但不知道该怎么表达，自己的未来都还没想明白，感觉很有压力。

她无由来地感到一阵胃痉挛，忙伸手抵住腹部：挺好的啊，有爱就有责任嘛。

她后来对我说：幸好，有漆黑的夜色；幸好，不知怎么就冒出这不知哪里看来的一句话，觉得很有水平，又很得体。

结束学习的那一天，她的桌子上开着一束娇艳的玫瑰花，这是另一个男孩的心意。她整理好行李，对着房间四顾，一时不知该怎样处理这束花。忽然玩性大起，将这束正值盛开的鲜花，撕成一片片花瓣，整齐铺满桌面，就像一张红艳艳的地毯。

这座美丽的城市啊，一些爱情无疾而终，一些爱情无来由地生长。

你好，滴滴

我上了车。居然是女司机，在这漆黑的夜。

讶然，与之招呼。

"是啊，女司机很少的哦。"驾驶座前传来一阵爽朗的笑。

"做滴滴司机很辛苦吧？"

"当然辛苦的。我才开了四五个月，腰椎、颈椎就吃不消了。一天下来，两臂肌肉都僵硬。"三十多岁的女人，很健谈。她背对着我，前方灯光下灰黑的身影，一根橡皮圈拢住一头微卷长发，凌乱着。

想想一天都蜷缩在这样一个局促空间里，还要保持基本不变的姿势，实在不容易。

"一天要开几个小时呢？你现在还在外面转。"

"还好还好，早上八点多出门，我再转转也就回去了。"一阵车灯扫过她的脸，"这个自由些，家里孩子、老人好照顾到。"

除却基本的需要，在车上也不少于十来个小时吧。

"这样一天下来，大概有多少收入？"

"唉，开滴滴赚不来钱的。我开了四五个月，最好的一天也就是五六百，那要运气很好，总能接到大单的。你看，我今天到现在为止，还只有两百多，三百不到，再剥去油钱，也才一两百块了。"远低于我预计的微薄。想象那十多个小时穿梭在车多路窄规避行人的马路上，还要在规矩与不规矩之间抢得那么点见缝插针的间隙，真不容易。

"也只有实在没什么事情做，才干干这活儿呢……"停在十字路口，等在红绿灯的空隙里，她喃喃道。

自从有了滴滴，那些毫无交集的各行各业的人，都在你轻轻点击手机屏幕的瞬间，来到身边。

某日，打到一辆车，一位年近四十的男性司机，小平头，四方脸。

"生意还好吧？"上了车，随口聊起来。

"最近不是很好啊。你看，路边单车这么多，很多人两三公里的路就选择骑单车了。"路边人行道上摆放着一排一排黄色、蓝色的单车。

真的，我们在庆幸单车的便捷时，也让另一部分人忧虑着它们的到来。世间万物存在莫名联系，一样事物的兴起，往往顺带另一事物的衰落，风起云涌，此起彼伏，各领风骚多少天。互联网时代，这样例子实在举不胜举。

"再说，也看季节的。最近的天气不冷不热，很多人都会选择单车。如果是夏天的话，那生意好多了，骑车太热；还有冬天，太冷。"对哦，以为只有农民伯伯靠天吃饭，原来这出租车行业也受天色气候的影响。那么，顺理而推，雨天的生意就会好一些了。

"对的。可是，雨天车多路阻跑不快。再多生意也做不了啊。"

他说自己平时在单位上班，周末或下班接几单。

"我这个单位啊，你知道吗？走到哪里人家都说我们是财神爷。可我跟你算算啊。全部收入也就七千多一点，除去三金五险，每个月到手的只有四千八百块。你说，只有这个数字，怎么够用？"他一边踩刹车、踩油门，娴熟转动方向盘，一边调侃那个体面单位的微薄收入。此刻我成了他最熟悉的陌生人，在这偶然相遇的时空里。

下车时，他一边整理计时器，一边回应再会：方便的话给我一个五星好评。

一次去宽带路，是一个阴雨晚上。司机在小区门口接我上车，问：这里的房价很贵吧？于是我们就从这块地的房价聊到温州的房价。他说自己是安徽人，在温州十几年了，还没有一套自己的房。最近有些着急了，因为孩子大了，要读书。可四处看看，那些新开的楼盘，都在两万以上，想想都腿软。

车子刚好经过一个最近很热门的楼盘售楼处，他说："你看哦，前天开盘，走到门口了，还是没敢迈进去，那个价格，太吓人了。"

我也笑了："看看不要钱的，只管去。"

"孩子要上学了，想给他上个好一点的小学。压力很大啊。"

虽然这位三十多岁的汉子在温州待了十几年，但对温州教育还真的不熟悉。我向他推荐几个区域，房子虽老一些，但价格还是在他能够承受的范围，辖区内都有比较好的小学、初中。

他听了我的介绍，很是欣喜。"真的吗？真的吗？那我明天马上去看看。"似乎脚下的油门都轻快起来。快到目的地，他急急地关闭计价器。"就在旁边了，我们找找。"夜色中，路边店名也看不大清楚，他的车子减到低速，在湿润的路面上慢慢滑行。

那天聚会结束有点迟，再加上喝了一点酒，就请了一位代驾。不多久，一位立在两轮平衡车上的高个儿男子从夜色中滑了出来。他娴熟地打开车后备厢，从背包里掏出一块布，铺在车厢地毯上，再将车子折叠，放在垫布上。

"这样的下雨天，生意还好吧？"

"还行。"他笑呵呵的。车速不缓不急，很稳当。

"我就是很好奇。你们代驾送客人回家后，怎么回去的啊？就是骑这两轮平衡车吗？"每次代驾司机停好车子，递给我钥匙，立在小车上消失在夜色中，就像一群来无影去无踪的夜行侠客，在这座城市四周飘来飘去，什么时候才能回到自己的家呢？

他笑了，一定觉得我问得天真吧。"当然是骑车回去啦。"

"那要是路很远呢？比如说已经出了这座城市。"

"那就搭车回来啊。有很多出租车的。"

哦，在我按时入睡的夜里，这座城市还有很多人在奔忙。

"那你一定更喜欢这种在城市里的代驾吧？回来方便些。"我想当然地以为。

"不是，当然是远程啊。越远越好，收入高啊。"

"哦——"出乎意料！"那有没有走得太远，连夜回不来的呢？"代驾这一职业几乎有着冒险一样的色彩令我好奇。

"那还真有。有一次，我接到一个单子，那个人是泰顺的，一趟跑下去要七百元。我把他送回去，已经是夜里两三点了。再说那天很冷，车子停到他家门口，山里又没有什么路灯，一片漆黑，一张嘴哈一口气全是冒烟的。那天真的叫不到车子回来了。他也叫我住下来，还给另加一百块。后来，还凑巧，遇上一辆回温州的车。"

看似稀松平常的"代驾"二字，原来还有这样的际遇。每一个出门的晚上，大都无法预测将会到哪儿，遇到什么。那些在城市道路上，从你我身边穿行而过的出租车里，都有着滴滴作响的寻常小故事，或是心酸，或是欣喜，微小而具体。

狗狗与狗肉

"大家快尝尝，这家的招牌菜。"服务员端上一盘狗肉，主人举着筷子，热情招呼。他身后是落地玻璃窗，上方一扇玻璃窗向外张开，春风缠绵，浅绿色窗帘布招摇地舞动，一下一下地掠过他的头顶。

满满一大盘，皮肉连骨头，肥中有精，烤成棕褐色，外层泛着诱人的光泽。我将盘子推开，心有不忍。同桌有人一边附和，一边举筷：快来吃啊，快来吃啊。有人掩鼻向后，有人落筷挑选。盘子绕了一圈，里面还剩下几块。

在吃这方面，人类从来不缺乏想象力，吃狗肉也不能成为什么稀奇新闻。这家餐馆原先只是坐落在马路边的三间两层小楼房。据说烹制狗肉有独到秘方，四面八方食客闻风而至，不过几年，老板就赚个盆满钵满。三间小楼房还在，旁边七层高的大厦已拔地而起，小餐馆华丽丽地转身为豪华酒店。披红挂绿、镶金带银，一家酒店该有的规模设施排场样样齐全。唯有大厅门口端立两只温顺的仿真斑点狗，记录着酒店的发家历史。

据说搬到这家酒店之后，狗肉还是照样卖，生意却再难显当年的盛况。或者，踩着米黄软地毯，坐在铺着白色桌布、有着红色靠椅的豪华包厢里，身后穿蓝制服的服务员垂手侍立，撕啃狗肉的兴致也会减去大半？这其间的微妙心理定是那暴发的酒店老板所深感困惑的。

不过，我还是希望"门前冷落车马稀"些。说起狗肉，怎能不想到一些狗狗呢？

我每天晚上都会在小区里散步，一路上常会遇到各种各样被主人带出来遛的狗，有些狗高大威猛，有些狗娇小可爱，有些狗外貌寻常。虽说难免"以貌取狗"，但那些越是相貌寻常的，往往越有不同寻常之处。某日路过两个闲聊的狗主人身边，其中一人说：别看它长成这样，其实本性非常善良。那语气真诚得如掏心窝子一般，让人忍不住再次回顾站在他身旁相貌寻常如"路狗甲"的狗狗。

与它们从来没有交集，彼此都是沉默相对，擦肩而过。我迈着大步，急速快走。它在主人的拉扯下，路的左边嗅嗅，右边逛逛，偶尔被主人一扯，马上识趣地归到正途上来，撒腿欢奔几下，以弥补自己前一刻的散漫分心。

有几次进楼，在大门口总会看到一条狗摇着尾巴走来走去，有一些孤独落寞，好像与母亲走散的孩子。我在大门口按着密码，那来回走的狗，不知道什么时候已经蹲在我脚边，仰头看我的手指在键盘上跳跃。待大门发出一声"嘀"响，那狗早已瞄准大门入口处，蓄势待发。

我刚推开门，它便迅速挤进去，好像担心我会把它关在门外一样。看那样子，像是耐不住家里寂寞，一个人背着妈妈偷偷跑出来玩的孩子。外面撒欢儿一会儿，不觉得又想家了，估计这一会儿定是在门外后悔了吧。

进去后，它蹲在电梯口。我按下按钮，电梯门打开。我进去，转身，那狗却站在门口，望着我，迟迟不进去。大概，电梯口是与主人已约定好的老地方吧。

六楼住着一对退休夫妇，养着一对贵宾犬。每天傍晚，它们都会由女主人带着下楼散步，便便。两只小狗，浑身雪白，都镶嵌着一对黑宝石般的眼珠子。浑身圆滚滚的，四条腿很短，走起路来就像是在草地上翻滚一样。

有一天，下楼又遇上，与女主人聊起来：这是一对姐妹吗？女主人笑了：不是，她们是一对母女。我很惊讶，细细打量，也没看出什么区别，更看不出年龄差距。女主人介绍：你看这一只，身上皮毛颜色暗淡些，走路也有一点摇晃。另一只皮毛光泽度就很好，也更加活跃。就像一对双胞胎，只有母亲最懂得两个孩子的差别。我在一旁仔细观察，在女主人指点下，似有所发现。能被人将母女看成一对姐妹花，对于这两只狗狗来说，真是一种美好的相伴啊。

女主人说：母亲的生命估计也快到尽头了。如果按照人的年龄来计算的话，它已经有八十来岁了。

哦，它们在一起才是完美的画面啊。如果有一天，独剩一只小狗出来散步，她会不会感到悲伤？会不会怀念形影不离的时光？我的肉眼看不出你年龄的痕迹，你的悲伤又将如何表达？

我老家也有一条小土狗。我回去得少，可每一次回去，那条小土狗便马上扑过来，身子一直我脚边蹭来蹭去，落下一地狗毛。我一坐下，它更是死心塌地地靠在我脚边，舌头不住地舔着我的鞋。一双黑皮鞋被舔得光溜溜的，仍意犹未尽。有时，我会用脚底板在它肚子上轻轻"抚摸"一下，回报这一路的热情。这一下子更不得了，小狗不跳也不转了，干脆仰面躺下，蜷缩四肢，伸直身子，闭上眼睛，任由你"抚摸"。此时，它若会表达，一定会笑出声的。

冬天的太阳照在它胖胖的身子上，舒适与惬意几乎溢满整个院子。

我常想，我不常回去，不曾给它喂过食物，似乎从未有恩于它啊，何至于此？对于我这个不称职的主人。它的死心塌地，它的全心全意让我感动。或者，狗狗也很寂寞。在这三间房的空间里，曾住着两位老人，一天几乎无话。现在走了一个，更无心思逗弄这个还爱撒欢儿的孩子。

狗狗与狗肉，一字之差，一念之别。

餐毕，有人提议：狗肉打包带走。

公交出行

选择公交出行，听起来既环保又经济。

很多年以前，选择公交出行，那是没得选择的选择。有一天拥有了第一辆家庭自备车，然后拥有了自己的小车，公交出行便成了遥远的过去。

可是，随着城市的发展，汽车越来越多，停车越来越难，行车也越来越不轻松。买一杯奶茶收一张罚单，理一次发来一次剐蹭也不是稀奇的事。而每到目的地之后为了找一个车位四处游荡的样子，更是心烦意乱。

近段时间以来，瓯海大道封道修路，我的上班之路，也从这个学期选择走路上班。每天早上，沿着马路边的人行道出行，遥望天空，湛蓝明净。路边一排高高的榕树将枝丫无拘无束地伸向天空，镶嵌在蓝色背景里，恍若漫步在度假的沙滩。身边的大道上，各式小车一辆一辆挤在一起，堵在一处，不得动弹，我却可以只借助自己的双腿就能自由行动，超过宝马，超过奥迪……黑色帆布鞋踩在整齐的砖石铺就的小路上，就像纤长手指在黑白琴键上跳跃。

今天，要到市区某处开会，查看资料，有六七公里远。想想这一段时间以来养成的良好习惯，我还是选择公交出行吧。

清晨的阳光斜斜地洒在后背，我避开一辆辆停靠在路边的小车，从容走过一家一家小店。有时，也可在某家小店前饶有趣味地停留一会儿。早餐店，老板娘脸庞圆圆，动作麻利，站在临街灶台前，一手握勺，一手举筷，翻炒粉干；一家奶吧店，墙面橙黄，门面奶白，搭着奶黄围裙的营业员穿梭期间；一家水果店，橙子、苹果、西红柿……红红绿绿，鲜艳夺目，老板拿着一块抹布四处擦拭……

拐个弯儿，来到公交车站。上班高峰，等车的人却不多。背着大黑包的小青年，长长的风衣式黑色西装贴着单薄的身子；端着蓝色水杯的小妇人，紧身牛仔裤裹着丰硕的臀；穿着校服背着书包的小学生，紧跟在奶奶身边……摇摇晃晃地来了一辆公交车，后门收缩，吐出几个乘客，前门打开，有人上车。我在一长排站牌前搜索着，核对着，找寻着驶经我的目的地的公交车。

车子来了。投了两枚硬币，本想继续向前，前面小伙子脚步停留，我只得停在前门口，柔和的女声广播响了：上车的乘客请往里走。小伙子向前移动了几步，我连忙跟上，向里挪移。车厢里横着竖着的座椅上早已坐满了人，站立空间里也满是人，我伸手拉住悬挂下来的拉手。一个急刹车，脚下一阵踉跄，身子猛地向前冲去，差点儿撞上身边的乘客。

只得再调整一下站姿，够到对面横杆。横杆是白色不锈钢的，粗壮结实，伸手一抓，手心整整一个大圆圈。不知道这横杆上曾有多少双手紧紧抓过，刚刚洗过锅碗的手、放下榔头的手、离开键盘的手……

抓住了横杆，身体站稳了许多。对面是一排靠椅，在边上是一个年轻姑娘，一手横抱胸前，压着包，一手拿着手机，埋头，一头短发凌乱地散开。两位上了年纪的老人，一男一女，一白一黑，一胖一瘦。我投向前方的目光，总是不由自主地要撞上对面这两张脸，他们漫无目的地看着我，我亦面无表情地扫过他们的脸。

下一个站点到了，心中有一点期待，容身之处能够略微宽裕一些。毕竟，与那么多陌生人如此亲密地靠近，总有一些不自在。站点不大，不见后门有人下车，倒是前门又上来几个。空间真是可以无限压缩的，我继续向里微微挪移，刚刚上来的几个人又被很自然地融了进来。

只是，略一沉静，感到空气中有一种隐约的气味散发开来。说不清楚是什么味儿，汗味儿、口气、鼻息、体味儿？一种透不过气来的沉闷从四处涌来。幸好，站在身边穿黑西装的高个子也感受到了，他伸手穿过对面老人的后背，将车玻璃推开一条两指头宽缝隙。瞬间，感到胸口自由舒展了许多。

上车，下车，拐弯，停留……车子摇摇摆摆，从熟悉的路段，拐进不熟悉的路段；穿过拥挤的马路，拐过忙碌的红绿灯路口。半小时过去，目的地还遥遥无期。我调整一下站姿，将身体重心从右腿移到左腿，紧握着横杆的双手也微微有一些发麻。

又一个站点，车子停下。站台上几个人急急向前几步，涌向前门。期间一满头白发的老者，胸前红绳子挂着一爱心卡，望着车头方向，迈着小碎步，似想疾步跟上，后面不断超越的乘客让他感到一慌乱，停下步子，茫然四顾。待其他人全部上车，他才扶着车门，吃力地上车，扶着横杆站在车门口。身边有人起立，给他让座。他憨笑着，不好意思地推让，挪向座位坐下，一脸愧歉。

那个埋头手机的年轻女子投入极了，身边一小姑娘将她不由自主敞开的包推了一推，女子幡然醒悟，急忙将包向胸前拉一拉。我也不由得低头看看自己夹在腋下的包，伸手一摸，电脑、手机、钱包触手可及，便将开口处合上。

再次路口红灯，车子平稳停下。车窗外靠着一辆红色小车子，车内年轻女司机正借机对着小镜子，涂抹口红。她收起唇膏，伸手往副驾驶座上打开放着的粉色小挎包里，随意一塞。挎包里露出一个大红色钱包，它们随意地躺在副驾驶座上，阳光下。

车子拐进一条小巷子，绕了一大圈，重新转回大道上，回到我最熟悉的路上。这个路口平时从家里开车出发，仅仅五分钟，现在却绕了一大半的城市，花了近一小时！

赤脚医生

他匆匆推门进屋，双眼四处一扫，转身进入里间换药室。只听几声叮叮当当响，便甩着双手快速走出，坐在小方桌前，随手抓过那本厚厚的出诊日记，蓝色笔尖一阵笔走龙蛇，落在两条黑条形格子间。棕黑色外套略微偏大，斜斜地垂下来；方方宽宽的黑裤腿像两枚大灯笼，走起路来一兜一兜的，鼓着顽皮的风。

"先看看这个姆。"他的老父亲从里屋走出，低头整理腰间裤带。前面诊所，后面居家，平时忙不过来老父老母也会出来照应一下。听老人言，墙边靠椅上站起一个十七八岁男孩，立在小方桌前，捧着手机，一条耳机线垂下来，悬空晃荡着。

"对，对，这个姆等很久了。"坐在靠椅上挂大瓶的老太太应和道。"挂大瓶"是村里对输液的通俗叫法。老人血压高了，挂大瓶；孩子咳嗽了，挂大瓶；最近体力差啦，挂大瓶……他们常常自主主张：给我挂个大瓶嘛。医生也乐得顺水人情，要挂就挂。

正值季节交替，乍暖还寒，阴晴不定，刚刚艳阳高照，忽而阴雨绵绵。万物苏醒，病毒、细菌也蠢蠢欲动，各类流感应声而起。昨天下午，凉风起，随后细雨至。我将风衣换成了棉衣，仍然觉得单薄；再披一件棉大衣，这才止住由里而外的颤抖。试着喝水、休息、睡眠，仍抵不住一阵一阵的昏昏沉沉，还是要看看医生。

说起医生，一些感冒咳嗽发烧类的小问题我还是习惯回老家找阿春医生。当初住老家，不用说了，方便。后来搬离老家，我还是往回跑。有时身体不适，正值夜半，屋外漆黑，也会嘀咕：给阿春看看？世界安睡，阿春一定可以叫醒。

也曾尝试着适应小区周边。出门几百米，就有社区卫生院，也有县级人民医院。说起医疗条件、设施规模，都是阿春家那间小诊所无法比的。但是，每次坐在身穿白大褂的医生面前，看他抬头询问，低头写字，一副正襟危坐、有条不紊的样子，总觉得还欠缺一些什么。从药房取出大袋药物，方形圆形，大罐大瓶，反复阅读说明书，仔细推敲病情症状，仍难除心头疑虑。

吃了两天药，还真没有什么效果。是不是我这不够虔诚的心影响了疗效呢？不得已又跑回老家找阿春，量体温，听心肺，查咽喉，似乎一切又从头开始。吃了他的药，果然第二天就明显见效。不知是前面医疗效果在第三天的显现，还是阿春本就技高一筹。

其实阿春不是哪方神仙，顶多也就是一个乡村的赤脚医生吧。

村里没有诊所，有点咳嗽风寒，要么熬熬就过去了，要么到镇上卫生院去看。卫生院终归是一家正式公立医院，挂号、收费、就诊、结账、领药，一套程序一样不能少。遇上人多，更是处处排队，时时等待。村里人一年半载去趟医院，一套僵硬程序让人摸不着北，时常还排上冤枉队。等着等着总算快轮上了，下班时间到了。窗口一拉，房门一合，人去楼空。好不容易熬过漫长午休，窗口悠悠拉开，穿白大褂的医生打着哈欠，睡眼惺忪地推开房门，艰难启程。看病流程重新开始。

所以，要是家门口有一间诊所，那会赢来多少人羡慕的目光！一次感冒了，母亲说，白门有个叫阿春的，善弟家的儿子，听说本事好，你要不给他看看？在农村行医，不用广告，口口相传便是最好的广告。褒奖一个人，或是贬低一个人往往仅凭某人无意中的一句话，没有人去推敲那一句话的来龙去脉。或者，那个人伤风感冒被看好了，说了一句"挺好的"，就此隔壁邻居就纷纷跟随、紧紧附和，从此东风不来，春花不开。

这里家家户户老老少少都称他为"阿春"，没有辈分之别，没有年龄之分，也没有谁正式严肃称他为"医生"。年长的直呼"阿春"，就像他是善弟的儿子也是他们的儿子一样；年纪相当的呼一声"阿春"，理所当然，亲切又自然；年少一些的，犹犹豫豫不知该怎么称呼，干脆什么都不叫，直接病恹恹地在他跟前一站，混到有一天能与中年人并起并坐的时候，也就不客气地直呼"阿春"了。方圆几里地，谁家是谁家的姨妈的姑父的舅子，彼此都清清楚楚，也就没有人计较什么该怎样称呼了。

他的小诊所就开在自家里。两间四层楼房，矗立在国道边。前门向着马路，底层前两个半间打通，形成大约三十来平方米的空间。一排棕色木门，中间镶嵌长条形的茶色玻璃——二十世纪九十年代乡村最时尚的款式。玻璃上贴着几个红色黑体字"西医内科""阿春诊所"，门框横梁着贴着一长串阿拉伯数字，那是他的联系电话。

他一边观察男孩气色，一边询问着症状。抽个空挡，在桌上的一只饭盒里挑出一根温度计，用纸巾一抹，用力一甩，塞到我嘴里。

过了几分钟，我点头示意，他一边给男孩说用药量，顺手抽出我嘴里温度计，"哟，38度。"

听心肺，查咽喉，"普通感冒"。他一边收拾手中的听诊器，一边下着结论。身后絮絮叨叨的电视综艺节目里，爆出一阵虚张声势的狂笑。

"打针吗？"他拿着笔，在出诊日记上画开一列歪歪扭扭的文字。"打针"就是挂大瓶，每次诊断完都要这样问。

"当然吃药。我不要打针。"他每次询问，我每次拒绝。

他也不勉强，起身往西北角的药房走去，脚上棕色老人拖踢踢踏踏的。

药房大约四五平方米，一个四四方方型的小隔间。靠墙边一排高柜子，对面"7"字形的矮柜，矮柜上有几十厘米高的玻璃墙，留可容一人进出大小的出入口。他进了药房，我站在门口，隔着玻璃看他抓药。

他向下一伸手，就从矮柜里抓出一把方正小白纸片儿，一字排开，不多不少刚好六张，这让我不由升起敬佩之感。随后，他急速转身，一手伸向高柜子，抓来一只瓶子，轻轻旋开，对着手心，一敲，几颗白色的、灰色的药丸跳出来。手心倾斜，轻轻滑过六张小白纸片，药丸居然被稳稳妥妥地完成了平均分配。配好药丸，举起一张白纸，对折，再对折，收口，规则的菱形包子就从手心里滑落。一眨眼工夫，六包药丸已整齐地排了队。

整个过程娴熟老练精准，没有一个多余动作，没有一个弥补动作，没有一个反悔动作。我就像一个孩子，痴迷地看着这一连串的动作，似欣赏一段悠扬旋律、一段浑然天成的舞蹈。

"每天三次，每次一包。"他将一叠白色方形小药包装在红色塑料袋里，递给我。

答案不在风中飘

我想，姑娘一定有着干净的脸庞，乌黑长发，眉宇间满满的都是褪不去的纯真。所以，当我说对方学校回复根本就没有这个名字时，他们看着我，愣了几秒钟：不会吧？

是的，我也料不到会是这个结果。其实，我打听的，根本不是对方学校有没有这位姑娘，而是她在那儿的一年里，各方面表现怎么样。心中有底，也可适时适度安排工作，甚至提供必要的帮助来弥补。

事情一下子陷入了悬疑的境地。

一位老师怀孕了，需要一名临时代课教师。即便是临时代课，也是担任正式教师所有应承担的工作：班主任和学科教学。姑娘有教师资格证，说自己大学毕业一年，这一年中在邻区某所新办的小学代课。面试时让她写写字、读读课文，整体素质也还行，言行谈吐都觉得比较阳光，应该能胜任这份工作。

稳妥起见，我们想要多方了解一下。托朋友转个弯，打听到她所说的小学教导主任。没想到对方回复：没有这个名字。

一时间，令人发蒙。没有？是名字弄错了，是校名弄错了？反复核对，没错。

那么，就是其中有一方没说真话。

教导处再次联系这位姑娘。她信誓旦旦，是在这所学校教过一年书，和一位姓陈的老师搭班。不过不知道这位陈老师的名字，也没有他的联系方式。

再联系那所学校的教导处，将姑娘提供的信息详细反馈给对方。对方说，我们学校才建校三年，没有招过代课老师，更没有一位姓陈的老师。

疑窦丛生。本是一次简单的招聘，怎么会陷入一场悬念迭起的谜团中？

教导处再次和姑娘核对时，她才说：在这所学校上过课，是帮朋友上了几节课。这一年主要是在一所民工子弟学校上课。

真相大白。

真相也不一定大白。

随着第一个谎言被揭穿，接下来她说了什么已经不重要了。因为谁也不能判断这下一句中哪些是真的，哪些是假的。而我们怎么可以将一个班级一群孩子交给一个谎言连篇的人？

这位有着白净脸庞阳光笑容的姑娘，你为什么要说谎呢？说谎当然是希望有一份相对比较漂亮的履历，以此获得这份工作吧。如果这位姑娘告诉我们，她有一年在普通小学校的工作经历，或者根本就没有多少工作经验，那我们会不会录用呢？我想，我们虽然心中会打个结，犹豫一下，但还是有可能的。因为一个具备教师资格的人，只要有着认真的工作态度，总是有可能将这份工作做好的。即便遇到难题与困境，身边也总会有经验的同事愿意助你一臂之力的。你的认真负责与谦逊好学便是融入一个集体的最好的通行证。

可是，你不敢说实话。你担心说了实话根本得不到这份工作。或者，你曾经说了实话，就与心仪的工作擦肩而过了。从小到大的学校教育中，你一定反反复复背诵过"不信不立，不诚不行""精诚所至，金石为开"之类的前人叮嘱。这些金玉良言却是在你走出大学校门才一年的时候，便轻而易举地抛弃了的，并坦然地编造一份自以为好看的履历，让教导处两位面试老师完完全全信以为真。

不能全怪你的。是不是当你小心翼翼试探着向这个世界伸出真诚的稚嫩时，世界转身而去给了你一个冰冷的背影？是不是换一件体面的外衣便能获得一份微薄的青睐？何况，这件外衣虽然是虚拟的、暂借的，并无多妨碍他人啊。翻开各大门户网站知名公众号十万加的推送文章，到处大张旗鼓地肆意招摇着虚伪与谎言的胜利。我这样的小小的微不足道的三言两语，沧海一粟，算个啥！

可是，姑娘，还是有人会较真的，在很多地方、很多时候。尽管我们招人的心情很迫切，可你那份编撰的履历还是让我们如鲠在喉、无法下咽。即便招你入职，以后与你的合作过程中，对你说的每一句话，是不是总抑制不住地投去狐疑目光？那样很累！

几年前在法国旅行，我们一行人几个大人、几个孩子，在凡尔赛宫广场弯弯曲曲队伍中，整整挪移了两小时。来到检票处，朋友递上票，一共七张。高鼻梁黄头发的检票员一眼扫过我们一行人，问，孩子几岁？朋友说一个十三周岁，一个十二周岁。他说，未达到十四周岁不需要买票。说着，便收走五张票，退回两张。

两个年龄不达标的孩子，有着瘦高个子。在我的经验中，想要不买票或挣得半票的优惠，那是要拿出证据的，出示你的身份证，亮出你的学生证。与其在烦躁的人群中手忙脚乱地翻找证据，或是组织言语为真相辩白，不如多花点钱，买个干脆利索。这座建造于三百多年前的宫殿，每天开门迎接来自世界各地的游客上万人。在检票处，既没有测量身高的标识，也无提示出示证件证明年龄身份的标语，只简单问询，便顺利确认。而且在我们已经默认了潜规则时，对方还主动亮出了规则。一时间，我有种失重的不适，还有一种特别开阔的温暖。

他们相信口头语言，相信整个世界。

冯骥才在书房里与小珍珠鸟相处的境界，我在遥远的西欧的巴黎郊外，一座古老的城堡前，感同身受。

最近女儿的高中政治复习进入冲刺阶段，做个好学生，听她讲解错题成为老妈的职责。多少奇葩试题令人晕头转向，唯有一道题印象极深。

规范现代经济市场的根本之策是什么？

1. 建立统一开放竞争有序的现代市场体系。

2. 建立公平开放透明的市场规则。

3. 以法律法规、行业规范、市场道德等形式，规定市场运行的具体方面。

4. 形成以道德为支撑、以法律为保障的社会信用制度。

你的正确答案是什么？

愿年轻学子坦然地做自己，愿世界奖赏讲诚信的人，愿正确答案不在风中飘。

为谁规则　谁守规则

　　一家五星酒店地面停车场入口处，竖起"车位已满"的禁入牌，边上站一保安。正是晚餐高峰时段，一辆辆车子鱼贯而入，经过入口处，稍一停歇，保安便摆摆手，往前一指，车子便自动驶离。

　　一辆黑色保时捷越野车猛然刹车，顶在入口处，"一路发"的车牌号分外显眼。保安走上前来，一边摆手，一边说：车位没有了。保时捷驾驶座上的玻璃窗落了下来，一个三十多岁的男子探出头。他手指保安，喊道：谁说没有？赶快走开！

　　保安犹豫了一下，像要争辩什么，欲言又止，悻悻然转身，移开"车位已满"的牌示。保时捷一阵轰响，呼啸而去，长驱直入。不远处，果然空着一个车位。

　　朋友感叹道：你看，有钱就是牛啊。

　　是啊，什么样的底气明晃晃地支持着他敢于藐视这白底红字的标识和保安的一脸正直。这辆牛哄哄的保时捷，还有"一路发"的牌照号，都在彰显这位年不过三十的男子自有不菲的经济实力。这样的年龄与这样的财富，若不是幸运投胎，大概也自有一番与众不同的气魄与见识。比如，在很多人以为不可能的地方，他自是闯出一份"可能"。或者，在很多人选择相信的地方，他选择了不相信。险中求机会，他居然成功了。

可是，还原一种事物的本相，是不是另一种样态的社会奇葩现象？如果说这家酒店停车场门口摆放的"车位已满"标识是一种规则的话，那么当大多数人遵守了规则，选择自动离开，这位男子是挑战并且破坏了这份规则。然而，遵守规则的人们还在继续开着车子到处转悠，饥肠辘辘、可怜巴巴地寻找一处栖身之地时，破坏规则的他却大摇大摆、轻而易举地稳妥入座。如果此刻，他的车上还坐着年幼的孩子，这是不是言传身教的生动范例：规则只是用来忽悠老实人的遮羞布。

可能有人会说这保安实在太怂，见人下菜碟，十足势利。真是这样吗？对于他而言，昭示"车位已满"并且严守这份规则才是本职。可是，他的职业生涯能够长久持续的方式，或者就是能够选择在适当的时候，守着"车位已满"，放行车辆入内——放哪些车辆入内是技术活儿。

好吧，既然话说到这个份上，我们再来推敲一下这个规则吧。明明写着"车位已满"，为什么里面又有空车位呢？这种分分秒直接打脸的做法，实在与这光鲜亮丽的"五星"形象相去甚远。作为一家五星级酒店，谁不是拿着真金白银来消费？来的都是客，难道在享用停车位这件事情上也有亲疏远近、高低贵贱之分？呵呵，大概正是如此。光天化日的规则里面，还包含着一种"潜规则"，在"车位已满"的停车场里，那些空着的车位留给谁？权势、财富，还是淫威？保安都懂得的一种只可意会不可言传的生存之道，五星酒店亦同样。大家都是同一副多米诺骨牌中的一张，谁又比谁更高级！

深谙此道的保时捷，自然就有足够的底气，叫嚣着"谁说没有？"因为这"车位已满"的标识，本身就是一捅就破的"纸老虎"。捅开这层纸的，有人用淫威，有人用财富，有人用权势，只是吃相各不相同而已。

吃相难看的撒泼大妈们，或是万众喝彩的西安奔驰女车主，其实都是同一片土地培养出来的逻辑结果。小到空着车位的"车位已满"，大到关乎千家万户的"教育减负"，看似毫无关联，绝无瓜葛，深究根源，同宗一脉。

取名儿

同事办公桌一角摆放着一本书，白封面，白封底，就连书脊也是白色的。乍一看，好像用来记事备忘的笔记本。

"这是书吗？"我探头向前。

"是啊！"他一边应答，一边将书递上来。

白色封面上印着五个宋体字：送你一匹马。大小适中，方正规则，让人联想到身穿白衬衣面目清秀的小男孩端坐在课桌前的样子。书名下方，歪斜着两字：三毛。字体更小些，黑色笔迹摇动着纤细笔墨，好像当事人随手抓起笔，趴在书桌前胡乱签下的名儿。

见过简洁的封面，却是第一次见到如此简洁的封面。不读三毛好多年，这种简洁到空白的封面，却有一种让人忍不住想要翻看的冲动。犹如洗尽铅华的女子，素颜是一尘不染的洁净与淡然。

在这个闹嚷嚷的时代里，见过太多费尽心思，甚至一些用力过猛的费尽心思，就像年近古稀的妇人还顶着一张光洁饱满如橡皮一般的脸——让你的心中没有欲望，全是匪夷所思的讶然。用力过猛，要得太多，往往淹没本来的愿望，忘记出发的方向。

记得十多年前，捧着女儿粉嘟嘟的小生命，初为人母的欣喜与深爱狂乱地涌动在心头。一阵手忙脚乱之后，给孩子取个名儿便成为人生大事。名字，该是父母送给孩子最初的礼物了。这份礼物还将伴随她一生。一想到这点，心中更觉忐忑不安。叫得响，温州话要好听，寓意还要深刻……看着孩子躺在摇篮里酣睡，蹙眉，咂嘴，微笑，啼哭，每一个母亲都是胡思乱想的女巫：健康，快乐，聪慧，还要书达理，学业有成，最好能琴棋书画样样精通……那些写在书本上、演在故事中、唱在戏院里的愿望、理想、展望统统噌噌地冒上来。名字简单两字，如何承载？

那就取个小名，再立个大名吧。小名含爱意，大名表志向——好像无意中捡到便宜，心中窃喜不已。对着摇篮中的孩子，一遍遍叫着小名儿，又一次次唤着大名儿。可是过几天，又觉着这两字，好像又缺了某种心愿，换，换，换……一天换着小名儿，一周换着大名儿，摇来晃去总也不敢确定。每月去医院体检，那用心的大夫阿姨，花了一点心思，总算记住孩子的名儿，见面时亲热地招呼孩子，爹妈总是很尴尬地纠正：这是上个月的，现在改了。

直到一个寻常傍晚，孩子她爹一边扒拉着碗里的白饭，一边含糊闲聊：不是五行缺木吗？要不就叫柠檬吧。柠檬，两个木，温州话好叫，普通话也好听。好，这么定了。孩子她妈突然也变得很顺承了。

柠檬柠檬，就这样叫着，孩子应着。本只作小名用用，叫着叫着，全世界都这么叫了，小名儿也就成大名了。至于当初想要赋予名字什么含义，寄寓什么期冀，统统不在意了。名字只是名字，主人认同了，他人记住了，芸芸众生中既能将你区别出来，就好了。

多年后，我和女儿在爱琴海畔的餐厅里，第一次见到一位朋友的儿子。朋友介绍，男孩名叫大力，性格顽劣得很。"大力？叔叔，你给儿子取名也太草率了吧？"女儿说。朋友嘿嘿一笑，男孩嘛，力气大很重要。

这个草率的名字从此也被我们长久地记住了。

某日，微信里一位久未联系的朋友发来信息：孩子快满月了，还没有名字呢。现在有这样四个名字，请帮我挑选挑选。

我笑了，每个初为爹妈的难题。可我能有什么正确答案呢？或者，在孩子成长过程中，作为父母能够全部做主的，大概就是取名了。爹妈任性些也无妨啊，就此一回，襁褓中的孩子定然不会反对。

是的，爹妈任性取下的名字，孩子一般都会用上一辈子。户口册、身份证、毕业证、结婚证、房产证……那些重要证件，总会郑重其事地印上爹妈给的名字，无所谓你愿意不愿意啦。

然而成长有着更任性的脾气，迫不及待地要扔开爹妈给的印记，自由自在地长成自己想要成为的样子。穿自己喜欢的衣，读自己喜欢的书，做自己喜欢的事，爱自己想爱的人。只是，改名儿不容易。那个名字，老土的、矫情的、豪迈的，都还结结实实地沾着你，粘着你，跟着你。用多么陌生的声音，传来那两个字，你也会自动站立，环顾四周，一阵失却方向的茫然，好像瞬间遭遇了武林高手的点穴之功。

总有那么多被爹妈一厢情愿的名字，现实中长成南辕北辙的样子，以至在多少个众目睽睽的场合，难免愧疚地介绍那个名不副实的名字，好像当场被逮住的小偷。于是，有人就在微博、QQ、朋友圈里，当拥有独立自主任意篡改的可能时，就要胡作非为一把。看看那些朋友圈里的名字吧：叫"布丁妈咪""提拉米苏""橙子杧果"的是吃货族？叫"林荫小道""自然而然""大漠如雪"的是背包客？叫"红粉青黛""云中漫步""浮光流影"的是隐逸派？至于"智""凤""杨""平"，他们是我的同事、同学、老师，还是萍水相逢的路人？都不得而知了。我的朋友群里有两个"叶子"，三个"静静"，四个"阿丹"，她们毫不关联地生活在不同城市的东南西北，从事着毫无联系的教育财经司法等行业。她们在我的朋友圈通讯录里紧紧挨在一起，某日我将约会温州叶子的信息确凿无疑地发到广州叶子那里去，引来一阵凌乱的疑窦。从此，我对通讯录里那些被篡改的名字、莫名其妙的名字，心有余悸，能不联系，绝不联系。

有一句话大概是说得不错的：每个人内心深处都希望自己与众不同。穿不一样衣服，说不一样看法。就是名字，也希望与众不同。爹妈给的，经过几十年风霜雪雨大浪淘沙总显得寻常了些。即便是忠厚老实之人，平时在人前大声说句话都要脸红的，在这个无拘无束的虚拟空间里，也要取个稀奇古怪的名儿，到处招摇。虚拟空间嘛，取个阿猫阿狗阿花的，心随意动，无伤大雅。只是，朋友圈本是一个用来交往与沟通的场所。说句实在话，我辈愚钝，那些杂七杂八的名字，一般很快就被忘记。所以，当某天想要找你说一点正经事，我点开如购货清单一样绵绵不绝的通讯录，居然怎么也想不起来哪一个人是你时，心中那份恼怒是无法避免的。拆开姓名中三个字中每个打头的大写字母依次搜寻，还是毫无踪迹。好好一个大活人，就这样淹没在茫茫人海中了。近在咫尺，却远在天涯。即便某日某时点赞在朋友圈，我看着那似曾相识的名儿，也不敢相认了。不好意思，您哪位啊？

晚归

读初中的时候，我有一个好朋友。下午放学后，我常会到她家逗留一会儿。都忘了玩些什么、说些什么，只记得她家有很大的房子，房子四周还有一个很大的院子，房子院子疏疏朗朗、清爽极了。印象更深的，是她的父亲和母亲。她妈妈矮矮胖胖的，圆嘟嘟的脸上总是笑眯眯的，眉目之间少一些中年妇人的精打细算，倒有着少女的知足与恬淡。她的父亲身材纤长，举止儒雅，说话做事慢条斯理，有条不紊，显得极有教养。

有一天下午放学后，我们坐在她家院子里闲聊。说着说着，天色就暗了下来。我说我该回家了。我俩聊天时，她父母都不见了踪影，好像不在家一样；当我推着自行车出院门时，她父亲不知道从哪里冒出来，也推出车子，站在门口。朋友送我到门口，我们还黏黏糊糊地有说不完的话，她父亲推着车子等在一旁。我推车出门，他父亲跟在了后面。

我随口问道：叔叔要出门吗？

　　他微微一笑：没有没有，我送送你。

　　我一听，忙不迭地推辞：不用不用，我自己可以的。

　　"没事没事，我就送一段路。"他一边说着一边推车跟上。

　　我停下脚步，"叔叔，真的不需要。这一段路我非常熟悉。"小小年纪，只觉得这样太麻烦对方，实在过意不去。

　　回家这段路，正是我每天上学放学之路。这段路虽是国道线，来往车子却也不多，倒是路两旁大片大片的油菜地，总让人感觉形迹可疑，心下发怵，很担心从中忽地蹿出什么来。平时伙伴们神神道道的诡异故事也常以此为背景地，什么披头散发的白衣女子、四处游移的黑衣人，听得人毛骨悚然、脊背发凉，但多少次来来回回，什么都没见过，什么也没发生啊。

　　叔叔看我一再坚持，便停住了脚步：好吧好吧，那你路上小心啊。

　　一路上，天色越来越黑，可能正是快要吃晚餐的时间，路边几乎无行人，身边一棵棵瘦高桉树站在黄昏里，有些面目狰狞。路边的油菜花正盛开，有风经过，发出窸窸窣窣的声音。我听着自行车轮胎与路面摩擦发出的"嚓嚓"响，只觉得全世界就剩我一个了，禁不住加快了速度。可是，越想要加快速度，车子却越显得沉重。踩踏板好像生锈、上了锁一样，车后座上也似载着千斤重量。抬头看看前方，道路还在没有尽头地向前延伸，那个熟悉的路口总也遥遥望不到头。

我双手紧紧抓住车把，生怕略一放松，车子就会自行远去，抛我一个留在马路边。此时，脑海中却不受控制地闪过不久前这路段发生的一则交通事故。村子里一位快要结婚的美丽女子，某日外出购置嫁妆，骑车回家，兴冲冲穿过马路，被飞驰而来的大卡车撞出十多米，头部摔出一个大窟窿，光洁饱满的额头脑浆四溢……他们说出车祸前，她刚刚烫过头发，乌黑，微卷。骑在红色女式凤凰牌自行车上，迎风而行，披肩长发拂过耳边，漾啊漾，漂亮极了。

我没见过事故现场，但那个凄惨故事所有听来的、想象的点点细节，此刻都鲜明地在我脑海里萦绕。我脚下的路面，哪处是那姑娘翩然倒下的印痕？我的车子轮胎，正碾过那刷也刷不去的血迹斑斑吗？那女子一头乌黑卷发就在我眼前晃啊晃……

我不敢向旁边张望，铆足劲，用力蹬车，掠过一棵棵剪影怪异的桉树，有风在耳边呼呼响。偶有汽车呼啸而过，惊起尘土四处飞扬。平时很寻常的一段路，怎么会那么长呢？

偶尔微侧转头，余光里闪过一个身影——马路对面有人也骑着车子，与我几乎并排前行。不敢细看，心中已经了然：朋友爸爸一直就在马路对面，不缓不急，落后我三四米，跟在不远处。我装作没看见，继续走自己的路，心中已然松懈下来，什么诡异念头瞬间烟消云散，仿佛重回人世间。

我不是一个人！

　　马路尽头很快就到了。我向左拐弯进入小路，可以看见不远处点点灯火。余光里，扫过对面，朋友爸爸停住了。他下了车，扶着车把，往我这个方向望着。然后，掉头，起身上车，往回，逐渐消失在暮色中。

　　很多年过去，我再遇到朋友父亲。真好！他还是那么儒雅健朗。我热情地招呼，像有很多话要说。但实际上也只是彼此寒暄，什么都没说。那个一直留在我心底的黄昏，他一定是早忘了。

一个人的电影

　　下了车，搭地铁，再转出租车，目的地在西溪湿地边，一家三星酒店。局促大厅与暗淡装饰，都在昭示着酒店年代久远的身世。低矮前台两台电脑，两位女接待员，长着一副公事公办的脸。报到，入住。推开房门，放下行李，拉开有些泛黄的窗帘。玻璃窗边角沾染着经年难消的尘埃，试着用手推拉一下，有种凝滞淤积之感。一使劲，推开一道缝隙，一阵没有高潮、没有起伏、持续不断的嘈杂奔涌而来。酒店面朝大马路，东西六车道，小汽车、大货车、摩托车……奔波、操劳与焦躁蜂拥而来。

　　一个人出发，一个人停留，也将一个人在一个陌生环境里度过一段不短的时光。

　　按会务安排，晚餐与一群陌生人围成一桌——有时，一群人在一起与一个人独处是一样的。晚饭后，六点未到，日头还很高。马路对面是一个施工现场，灰色钢筋水泥勾勒出大厦的初始模样，巨大的机器还在斜阳浅照下轰鸣作响。马路宽敞，行人稀少，每一辆车子都疾驰而过，匆忙，急切，不犹豫，不停留，更不会因为路边一家陈旧酒店玻璃门内一位陌生女子的茫然站立而略有迟缓。

这一刻，我站在偏离惯常生活的轨道上，白天即将结束，夜还没有开始，一段上不着天下不着地的时光，悬在半空中。

去看一场电影吧，据说不远处就有一家影城。

一个人看电影，还是第一次吧。小时候看电影，是要约上一大帮人的，就像一场不经预设的联盟行动，有时三五成群，有时十来个伙伴，人越多越安全，回家也容易获得父母点头通过。过小桥，穿马路，跳过田埂，看电影就是一场愉快的郊游，是一个从天而降的节日。长大了，看电影不再大张大扬。约上好闺蜜，手挽手，肩并肩，一路窃窃私语，絮絮叨叨，全是不着边际的心事……从斜阳走到日暮，直到抬头撞见电影院大门，才幡然醒悟此行目的，好像看电影只是偶然遇上的意外。再后来，看电影就成为需要精心安排的活动了。工作之余、学习之后，还要在生活的鸡毛蒜皮、柴米油盐之外，均出一大块时间，几近奢侈之事。

那么，去看一场电影吧，就一个人。

这个突如其来的念头与突如其来的大把时光还是让人有种战战兢兢的惊喜。

背上包包，走出酒店，向右拐，走上十几分钟，就是一座西溪印象城。不是双休日，印象城内不大见人来人往。顶楼就是影视城。

"有没有评价较高的影片推荐？"我倚靠在柜台前。

"有的，《摔跤吧，爸爸》，三分钟后就开始。"影片正是我期待已久的。我看看手表，六点半开场，结束后八点四十分，是适合一个人出门一个人回去的时间。刚刚好，上天都在鼓励一个单身女子的行动。

"就是位置都很前面了。哦，还有个五排靠边，但是只有一个了。"售票员盯着电脑屏幕上的选位系统，觉得有点为难。

"可以啊。我就要一张票。"

"就你一人吗？"她抬头看我，再次确认。大概孤身看电影的女子不多，我也是平生第一回。

取了票，进入影厅，场内已经一片漆黑。借着红色座椅反射出的微弱的亮光，我摸到五排一号。坐下来，一抬手，就触到扶手上一团黑漆漆的背包，忙缩回，双手交叠于胸前。邻座好似一位学生模样的女生，她却并不在意，捧着爆米花乐颠颠地与另一边同伴私语着。

影片非常棒。阿米尔·汗出演印度乡村不得志的父亲，凭借对摔跤的热爱与才华，一路穿越世俗的讥讽、孩子的反抗、生活的艰辛、官僚的腐败，还有名师的傲慢与偏见，培养两个女儿从一个小村庄走向世界舞台，让印度国歌唱响在世界赛场的故事。一个个幽默风趣的桥段，一次次精彩激烈的赛况，一幅幅动人心弦的父女情深画面……我坐在电影院昏暗的角落里，与一群陌生男女，有时拍手大笑，有时紧张得手心冒汗，有时也激动到潸然泪下。

恍惚间，这家剧场好像少年求学的教室，这一群陌生的男女就是这间教室里朝夕相处的伙伴。我们一起爆笑，一起欢呼，一起落泪……那种开心就像熄灯后躲过班主任老师的夜查，紧张就是夜不归宿的孩子凌晨四点避过保安扫射的手电筒翻墙入校的样子。我们共守着一份秘密，预期着相似的未来，不用嚷嚷着言说，一个眼神彼此都能明了。

在这两小时与世隔离的时空里，我们在另一个世界相遇相聚并相知。在这个世界里，我是一只沉默已久的河蚌，在别人的故事里，打开了坚硬的外壳，露出不设防的柔软，体验生命的悲欢。想笑就笑，笑个没遮没拦；想哭就哭，哭个昏天暗地。没有人对我侧目，没有人问我缘由。我不必担心笑的样子多么傻气轻狂，不必在意落泪的样子多么脆弱感伤——把所有的心事都写在脸上。那个常年埋藏于外壳深处的自己，此刻没有铠甲，不要保留，全身心交出了自己，交付给这陌生的空间，交付给一群陌生的男女，交付给屏幕前一段他人的故事里。

待到影片尾曲响起，白色职员表一一滑过银幕，我还呆坐在椅子上。剧场几处边角亮起昏黄的小灯，安静，微弱，似担心惊醒梦中人。周边的人陆陆续续起立，三三两两，手牵手，陆续离开座位，移出剧场。我深吸一口气，低头看看，手中抓着一叠刚刚擦拭泪水的纸巾。

走出剧场，是宽敞的走廊。踩着松软的地毯，悄无声息的，向着灯光明亮的出口走去。终是要曲终人散的，终是要回到灯火通明熙熙攘攘的现场。

雨天，真好！

我喜欢下雨天。

喜欢秋雨，淅淅沥沥，缠缠绵绵，隐含微凉寒意枯黄忧伤。

喜欢春雨，滴滴答答，絮絮叨叨，萦绕粉色心事一团一团。

若是雨天，再遇上周末，便可安心宅在家。阳台上，窗户前，一心一意地看雨，听雨。坐在书桌前写字，或是蜷在沙发上打盹，耳边是漫天满地的细雨窸窣，便觉世界就此安宁澄澈，清凉，一切都恰到好处！

晚饭后，我在厨房洗刷勺筷，擦拭锅碗。偶尔抬眼望窗外，夜幕降临，橙黄路灯豆点儿大小，遗落在漆黑夜色里。草坪上红得艳俗的山茶花，不长叶光开花的紫玉兰，都不见了踪影。窗外是一片漆黑的安静。平时常见后幢楼房里的主妇在阳台上晾晒拍打；落地窗户内有刚学步的孩子，蹒跚行走在满地色彩斑斓的积木间。下雨天，夜的覆盖，那些阳台上窗户紧闭，灯光暗淡，学步的孩子，是不是也在细雨滴答中安然入眠？雨水与灯光合谋，映出路面全部的坑坑洼洼。灯光映照下，可以清晰地看到雨滴落在水坑里，欢快繁忙地跳跃着。今晚，只有那个坑洼与雨滴最缠绵。

当很多人举头仰望灰暗天空而心生厌倦与烦躁时，我却与这样一个阴冷雨天，有着天然的亲密与眷恋。

晴天太吵。晴天里的鸟儿喧闹，枝叶招摇。路上车来车往，人们步履急匆，就连呼吸也太繁忙。人们有太多的欲望与渴求，在阳光下，是会蓬蓬勃勃地生长。阳光底下，适合所有的勤勉工作与努力学习。学习成为更优质的资源，努力成为更成功的自己。阳光，滋润着、鼓舞着、纵容着一切生物自由自在的成长，以及过度的成长。

这样阴冷的下雨天，它是一种属于心灵的日子。滴滴答答的雨声，是上天与心灵来交谈的声音，就像闺蜜之间的窃窃私语，促膝长谈。不问来处，无关去处。只要当下，从此天涯也咫尺。

雨滴落在水洼了，水洼便活了，它像孩子一样，与雨水玩着蹦跳的游戏。雨滴落在门前的桂花树上，那树静默着，庄严着。它从夏天站到春天，既不开花，也不落叶，就像从来不曾有四季，不曾有忧喜。雨还落在满树樱花上，远远望去，碎碎的樱花弥漫成一团粉色的云雾。树下应该走过穿着和服的女子，微微弓着背，走在青石板上，迈着小碎步，木屐踢踢踏踏。撑开的小花伞斜斜地靠在肩上，那挂在手腕上的小香囊中，装着春天的花事，还是情人的蜜语？

雨也落在屋檐雨棚上——不知是谁家的雨棚——那种略微沉闷而暗哑的声音,总是最先来到我清晨初醒的梦中。我不忍睁开眼,就这样让清晨的细雨浸润昨夜旧梦,不知此刻身处何方。

雨滴窸窣,亘古未变。那是迷茫年少午夜梦回时,雨打青瓦的忧愁孤冷;是青春心事绕梁三尺,雨落诗篇的欲言又止……这一刻,我听见自然的寂寞,听见时光的悠长,听见心灵的回响……

午后,躺下来,闭上眼,四周静悄悄的,窗外的雨声就分外明晰,窸窸窣窣的,好像蚕宝宝在蚕食一样。偶尔有落雨滴在邻居家窗户前的屋檐,大滴落雨应该是像酒杯大小吧,脆生生地落在透明的屋檐下,发出"嗒、嗒、嗒"响声,就像是催眠一样。迷迷糊糊中我睡着了。

恍惚间,听见女儿的叫声:"老妈,起床了。"只一声轻呼,女儿就像完成例行公事一般,转身走开。这一刻的我,沉浸在一片松山雨林当中,沉浸在一片雨声淅淅沥沥当中。

雨天,真好!

年少的时候

男孩和女孩是同桌。

女孩是语文科代表，沉稳又内敛，门门功课很优秀。男孩嘛，总是贪玩一些，虽有绝顶聪明，各科成绩也不见多出色。但他很满足，因为同桌女生就是他最美的风景啊。

初三下学期，女孩参加重点高中提前招生考试。两天后成绩出来，女孩被录取了。消息传来，教室里一片欢腾，老师同学纷纷道喜祝贺。

这个爱说爱笑的男孩却一言不发。他转身走出了教室，向走廊深处的静默走去。

女孩在初中课堂的最后一个下午，男孩陪着她整理书包，走出教室，走出校门，走在那条他们上学必经的路上。

经过一家蛋糕店前，奶油香味儿挤出门帘。玻璃柜台内各式小蛋糕，色彩鲜艳，造型可爱。"你等等。"男孩说。他转身向不远处另一同学跑去，回来时手里举着几张钞票。

"我买个蛋糕送你吧。"

那天晚上，男孩在 QQ 群里发了一条说说：等着，我一定会考过去的。

同学说，那天之后，男孩就像换了一个人。他变得沉默寡言，经常独来独往，坐在缺了同桌的位置上，瘦高个儿更显得孤单；上课时却一反常态，出奇地认真，不断地举手，提问，发言，让同学老师刮目相看。

只是，中午吃饭时，男孩到教室门口端饭盒，总会顺手端起两份。回到座位，才猛然发觉，身边的位置空了。

那是他三年来养成的习惯。

男孩很喜欢女孩。

女孩是班级的体育委员，有着圆圆的眼睛、白白的皮肤、高高的个儿，坐在教室后排。男孩的个儿却不争气，坐在教室前排。他常常侧着身子向后转，悄悄打量心仪的女生。这让老师很生气，多次批评他上课不遵守纪律。

每学期开学初班主任都要重新排座位的。一排男生，一排女生，根据个子高低依次组成同桌。所以每个假期之后，男孩最大的梦想，就是班级同学的个儿重新洗牌，自己的个子能赶上女孩。这样，他们就有可能做同桌了。

但事实往往很残酷。这学期开学前几天，他就在广播操队伍中，目测可能与自己同桌的人，居然还是那个胖胖的女生。而他心仪的女孩——那个眼睛圆圆的高个儿女孩还在队伍后面呢。

男孩很沮丧，恨不得自己能在一夜之间忽然蹿高。

　　他问爸爸：老爸，有没有办法能在很短的时间里让个子变高呢？

　　老爸随口笑答道：有的，穿内增高啊！

　　男孩一听，甚是欣喜，居然真的在淘宝上买了一双内增高球鞋。

　　某日放学回家，男孩欢天喜地：今天真是太走运了！

　　因为，他与心仪的女生同桌啦！

　　女孩坐在男孩的前排。

　　因为前后排，课间他们常凑在一起八卦明星，分享游戏，也讨论错题，烦躁时给拖堂老师取个小绰号。

　　看起来大大咧咧的女孩，其实很喜欢男孩，也不知道从什么时候开始。就像有首歌唱的那样：只是因为在人群中多看了你一眼，再也没能忘掉你容颜。可是，贪玩的男孩哪里会懂得前排女孩内心深处的小秘密呢？

　　男孩不懂，女孩不说。

　　只是，她一直梦想有一天男孩能在芸芸众生中发现她的美丽，惊讶她的美丽。就像紫霞仙子最后的告白：我的意中人是个盖世英雄，有一天他会踩着七色的云彩来娶我。可事实上，日子一天一天过去，她的梦想也一天一天重复，甚至一天一天地泛黄。

　　某日，一群同学围着闲聊。说起某事某人，男孩随口赞叹道：某某真是位才女啊！男孩声音不大，瞬间淹没在众声喧哗中，却字字落在女孩心中。

女孩有点难过。

自此，女孩变得很努力。她读书，刷题，练书法，学古筝。那些曾让妈妈很伤脑筋的素质教育，曾被她半途丢弃的小特长，都被一一拾起来。

中考之后，女孩终以优秀成绩敲开理想高中的大门，赢得亲戚朋友同学老师一片赞誉。

其实，女孩知道：所有努力，只想引得一人眷顾！

一群妈妈笑谈孩子们的青春往事。我坐在一旁，听着听着，居然落泪了。

阴影

　　某个周末清晨，我提着布袋子在菜市场里转悠。在一蔬菜摊前挑拣，听背后有人唤我，一转身，就撞上了一位同事的脸。他很惊讶地看着我：真的是你啊？我还以为认错了呢。你也来买菜的？那神情，就像是小学生在洗手间遇见校长，圆圆的脸惊成一个大问号：校长也要上厕所？我打着哈哈，面呈尴尬。一起同事好多年了。他见过上课的我、备课的我、改作业的我、读书的我。这个提着布袋子混在大叔大妈柴米油盐中的我，已然超出了他的经验。

　　的确，在家务事方面，我有深藏于内心的自卑。一群女人坐下来，聊起厨艺，那些原本木讷谦逊的女人，常是兴冲冲争着抢着倒出一套套经验之谈。我愿退坐在昏黄角落，做一个安静的听众，虔诚仰望着她们的神采飞扬。不是不愿意参与，实在是只怕一开口就要弄巧成拙，引人哄笑。什么猪蹄怎样炖不油腻，蔬菜怎么炒更清爽，早餐还有什么新花样……我专注地听，仔细联想那些个画面，还是觉着高深冷僻中间隔着难以逾越的鸿沟。就像一个文科生对高等数学的敬畏，常常揣测那个在讲台前手舞足蹈一转身就在黑板上挥手描出一长串奇异数字的老师，一定与我来自不同星球，有着不同身体大脑结构。

这种自卑，什么时候播种的？事情一定要追溯到少年时期的住校生活。十六岁开始住校，但事实上我什么都没有准备好。刚刚进校，首先是吃饭问题。学校有一座很大的食堂，从早餐到夜宵都有供应。一进学校先找一个饭友非常重要，就像成年之后总要找个对象结婚一样。因为全校学生都在同一个饭点下课，再大的食堂也难免拥挤不堪。一边饥肠辘辘，一边形势严峻。最现实的问题，也是最能培养智慧的地方。一个能干的饭友，往往能够审时度势，主动出击，一步领先，步步领先。当你们俩端坐在餐桌前，一边从容就餐，一边看那打饭买菜的队伍还在蜿蜒前行之时，心中会油然而生一种不可言说的窃喜。

找到饭友，两人搭伙，一个人去买饭，一个人去买菜。待一人端着小菜走来，另一个捧着饭盒迎上，就像婚礼现场新郎与新娘的相遇，美妙得很。刚刚进入学校，谁将成为谁的饭友，也真没有太多的选择空间。同桌，前后排，同寝室上下铺，隔壁床铺，都有可能。不过一两天，大家都各自有了一起吃饭的伙伴，两两一伙，成双成对。什么性格互补，什么意趣相投，统统不讲究了，就像匆忙将就的婚姻。

我的饭友是我的室友，早已记不起来为什么会是她。

当初是谁先表白、谁先主动的统统忘记了。只是三年饭友，终于过成了右手与左手。那些不怎么讲究的恋情，就不会有长久的婚姻吗？

饭友小施同学比我大好几岁，这个年龄上的差距直接就让我在心理上先自动降下了好几级。两人当中她是大姐，这个位置妥妥地坐定了。而事实上，从小到大，她就长了一张大姐的脸，也天生注定是大姐的命——姐弟五人，她排老大。来自大山里的她，父母早前外出打工，经商创业，小小年纪的她义不容辞地代替爹妈带着四个弟弟妹妹。她说小时候读书时，常背着弟弟一起上学。有一次考试，她伏在桌上认真地写满整张卷子，抬头长长地嘘一口气，心中甚欣喜，这次该有一个好分数了。哪想到，趴在背上的弟弟突然醒来，从后一伸手，抓起试卷，一阵稀里哗啦，撕成了粉碎，散了一地。

小施同学传奇的成长经历，我听来感觉比那些书本上、影视剧里的悲伤故事还要遥远。我在家中是老幺，爹妈也没什么培养目标、培养计划，只觉得孩子嘛，该读书时就读书，该嬉戏时也嬉戏吧。有时也觉得母亲的那些洗洗刷刷蛮有意思，想动手掺和一下，却总被母亲挡开：不用不用，越帮越忙，我自己来还要快些。

遇上小施同学，她就是我家务活的启蒙老师了。组成饭友，搭伙过日子，彼此间的差异与问题也慢慢凸显出来了。吃过饭后，我们各自整理碗筷，去食堂外洗漱处清洗。我站在一长排自来水管，手捏着碗沿，拧开水龙头，任凭强大的水流在饭碗上四处冲刷。再关闭水龙头，将碗筷甩一甩，塞回碗柜里去。估计小施同学对我这个洗碗方式已经忍很久了，某日，她眼见我洗刷完毕送碗入柜，一声不响，又打开碗柜，取出饭碗，拧开水龙头，一边冲刷，一双手沿着碗沿从里到外，从外到里，逆时针、顺时针抹了又抹，擦了又擦，十根手指欢快地翻动着。很快，一对白色搪瓷碗亮出光洁明快的脸。

我站在一旁怔怔地看着这一连串的动作，又是羞愧，又是惊讶：碗要这样洗的？！可是，要将一双手伸进和滑过沾满饭粒和油腻腻剩菜的碗沿……没办法，独立过日子从不抗拒洗碗开始。

我的洗碗方式也成为室友们茶余饭后的笑谈。夏天一到，寝室里八张床铺都挂上了蚊帐。不知是谁提起，这八顶蚊帐的白颜色，为什么到了我这边，这种白也灰暗了许多？大家又取笑我蒙混过关的洗刷手艺——可是，我并不记得洗过蚊帐啊——那么大，从哪里开始洗？

这个啥都不会的姑娘也至此明白校园书本之外，还要学习洗衣刷碗整理家务的本领。而这个一开始就被比下去的姑娘，自此在所有需要动手的家务事上都自带一道蠢笨的阴影，经久不得解脱。

多年之后，小施同学从外地回来，顺路经过我家。一进门，她前前后后里里外外视察一遍，"呵呵，还不错，蛮像样的"。

第三辑

枫桥误读

"月落乌啼霜满天，江枫渔火对愁眠。姑苏城外寒山寺，夜半钟声到客船。"

苏州之行偷得半日闲，受张继之邀，循千年钟声，首访寒山寺。从古城中心出发，坐车十多分钟，七八公里路。"姑苏城外"已然移至"城内"。

不是周末节假日，游人不多。下了车，沿着一条宽敞水泥路进入，一边摊点小吃，一边黛瓦白墙，墙上是历代文人墨客留下的诗篇。路尽头，便是寺庙入口处，杏黄墙面，白底绿字，"寒山寺"三个正楷大字。导游说"寒山"二字是明代大书法家祝枝山所书。为什么只写两字呢？传说当时住持深喜祝枝山墨宝，求其题写。祝要一字千两银子，住持只凑够了两千，他就写下"寒山"二字，留待住持有朝一日攒够一千两银子再补上第三个字。但直到祝去世，住持也没有凑足银两。后另有一无名小卒上门自荐，他能模仿祝笔迹，做到真假难辨，请求住持将"寺"字留给他写。

不但不要钱，甚至还倒贴，唯一要求就是能落款。于是，门口"寒山寺"三字就有两人手迹说法。

导游言之凿凿，很像那么一回事。与名人攀上关系的传说总能吸人眼球，顺便还体面地自抬身价。要是花上一笔银子就能将名字流传下来，倒也不失为一次合算的买卖。只是，没留名的祝枝山被人津津乐道，端端正正嵌在落款处的大名还是让人过目就忘。

导游是五十多岁的中年男人，脸庞黑紫、瘦削，有一口浓重的苏北口音。他的介绍当然是从《枫桥夜泊》开始。如果没有张继的千古佳作，哪里会有我的千里迢迢？这首诗在不同版本的语文教材中均是座上宾，据说在隔海相望的日本也享此待遇，所以说这座江南小城的枫桥以及寺庙因一首诗而名扬四海并不为过。可是，每每与四年级孩子分享这首诗时，心中还是会发怵。少年不知愁滋味，哪能解得千年前游子羁旅辗转、彻夜难眠的忧？

不解其忧，略知其味也可。"月落""乌啼""霜满天"，一组意象叠加，勾勒出一幅辽阔、清寂的深秋夜晚。"月"在古典诗词中本就带有特定意义指向，李白笔下的月用来"低头思故乡"，苏轼酒中的月"千里共婵娟"，杜甫的"月是故乡明"就更加直接了。张继开篇"月落"二字，奠定这首诗寂寥凄惶的基调，一种飘忽渺茫的哀思落笔泉涌。

耳边一声"乌啼"，凄惶之情更是笼罩一层不安。自古以来乌鸦便有"衰败荒凉"之意，马致远笔下的"枯藤老树昏鸦"，不着一字，惶惑自来。民间甚至还将其延伸为不祥之兆，"乌鸦嘴"招人厌烦由此而来。所以，我第一次在日本京都神社周围看到大量乌鸦倾巢而出，深觉惊讶。原来，在日本"乌鸦"有神鸟之意，中日待遇天差地别。可是看着这黑压压的一大片还是让人感到心惊肉跳，可见生长环境中的文化基因有着渗透血液的顽固。只是，我作为普通读者，心中还真纳闷，"霜满天"三字说明此时深秋深夜后，乌鸦应都已归巢，何来"乌啼"？没听说动物界也有"失眠"病症。网络上有人解读为"乌啼镇"，地名。此言更觉不靠谱，给孩子取个名都是大事，何况一地之名？如此不祥之兆的地名实在不符国人的审美心理取向。此次实地一游，也没听有"乌啼镇"一说。

最纠结的还是第二句中"江枫"二字。就字面理解，应是"江边的枫树"。"江枫""渔火""对愁眠"，江边的枫树、渔船上的灯火，拟人化手法，借景写情，"愁"绪流淌，诗歌的"眼"展开了。那么，不眠的诗人此刻应在客船上，客船停泊在江面上。江边两岸种满枫树，深秋时节，"霜叶红于二月花"。静默江枫，微微摇晃的"渔火"，两相映照，此情此景，勾连出客船诗人无限愁绪。

千年之后，站在寒山寺庙门前，有一条小河，十多米宽。河对岸，青瓦白墙，民居错落，纵横巷陌，寻常人家。向左，河面横一座石拱桥，正中位置赫然标识"江村桥"。导游指向右边方向，"那儿，还有一座枫桥"。所谓"江枫"二字，该是"江村桥"与"枫桥"，诗人客船大约就停留在两桥之间。而且，江边植物多有垂柳、芦苇、鸢尾等，并不见枫树。枫树常在斜坡山道，"红枫古道"便是一道风景。

还有，眼前这一条窄窄的河，怎么会有渔船停留，渔火点点呢？千年前若是此地河面辽阔、鱼虾肥美，周边村落稀疏，渔民也着实没有必要在此河面过夜啊。

千年之后，寒山寺前，无江，无枫，无渔火。

寒山寺本是一座城外古寺，"寒山"之名，源于古寺有寒山和拾得两位和尚从失和到和好的故事流传。寺院门口的素菜馆便有"和合素斋"，各地香客来本寺，敬清香三炷，祈愿婚姻和美、家庭和睦、兄弟和气等。导游在寺庙内念叨叨的"和合"文化，与我们所期望的《枫桥夜泊》早无关联了。

午后三点，钟声轰鸣。众人心有纳闷，我自作聪明：哦，是和尚的晚课开始了。导游笑了，那是游客在敲。寺院后院，一座钟楼，敲击一次五十元。院内，果有众多游客聚集在钟楼前。

"夜半钟声到客船"，就是从这钟楼里传出来的吗？晨钟暮鼓，"夜半"何来钟声？此处又一悬疑。据说江浙一带的寺庙有敲"无常钟""分夜钟"的习惯，又或者诗人笔下的"夜半"大约已过三更，是寺庙召集早课的钟声。又或，只是诗意传到此处的一种想象与情感使然，何必如此较真？落在诗歌末尾处的寺庙钟声，在深秋子夜，孤寂、清冷，对于异乡游子，也几乎是一种超然的慰藉。从开篇的愁绪万千，到达诗歌收尾处，何尝不是一种辽阔的豁达与释然？

　　知人论世是读书的好方法，但关于诗人张继生平资料不详。张晓风《不朽的失眠》演绎了张继落榜的"愁"。文笔之细腻，几近可感千年前姑苏城外秋霜映月、笔尖冰凉。只是，坐实了某种可言说的"愁"，反而窄化了诗歌丰富的想象空间与诸多可能性。而且"落榜"之愁，难免泛着酸腐味。何况，本是湖北襄阳人士，落榜后为何要前往偏居一隅的江南小镇？另有记载753年，张继中进士，仕途还算顺畅。怎奈两年之后，安史之乱爆发，北方时局动荡，大批文人墨客前往相对安稳的江南一带避乱。张继此行可能恰有此意。

　　离开时，售票大厅处，一张小方桌前坐一妇人，秋日斜阳，懒洋洋的。我们打听票据上的"枫桥"景点。她将手向侧前方一指："就在那里，没什么好看的，前几年刚造，全假的。"

　　我们都笑了。千年前的张继，偶然路过此地，失眠之夜，提笔留下一时难以排解的愁绪，哪里料到会被反复传诵、抽丝剥茧、刨根问底？真的江桥也好，假的枫桥也罢，千年"愁绪"却是随着诗歌意境，点中多少读者心底的柔软，悄然埋下民族文化基因的密码。

　　所谓解读，大多误读。

风过可可西里

　　车子从格尔木出发，沿着青藏公路，向着西南方向。公路两边，起先还能看到一些灰蒙蒙的绿色，长在黄沙地、荒地里。导游说，这些树名叫红柳。每到深秋时节，它们的枝头叶片就会泛起一层红色，类似枫叶的红。很动人的名字，让人想起江南岸边春风轻抚，柳枝婀娜，轻漾湖面。可是，这里的红柳却不是这样。一丛丛、一簇簇的，挤在一起，矮墩墩的，生长状态好一点儿的，也不过一米来高。这是黄沙漫天气候环境下的蓄积力量抱团生长的姿态吧。初秋时节，远远看去，在茫茫黄土地上，是一片令人感到惊喜的颜色。

　　继续向西，一丛丛的红柳也不见了。双眼望去，满眼是黄土坡，干燥，枯冷。偶尔，满天满地的黄土地间会有一小簇一小簇的枯草冒出来，就像刚植入土地的秧苗，一根根枝叶，硬邦邦地向着各处生长，全是倔强。导游说，那是骆驼刺。骆驼刺，好奇特的名字，是茫茫大沙漠中唯一的陪伴骆驼走过黄沙漫天的一种植物吗？称之为刺，甚是恰当，如果没有坚硬如刺锋芒毕露的姿态，不知该如何在这样干旱苦寒的条件下生长出来。

继续向西，眼前的风景越加荒凉，满天满地全是黄色一片。光秃秃的山峰连绵起伏，不见一棵树，没有一棵草，茫茫的大戈壁。初次见到如此风光，让这一群江南女子甚至惊喜：太神奇了。前方不远处，公路两边树立着两块大石碑，像两把伸向天空的刀鞘："巍巍昆仑""万山之祖"。仅站在石碑前，便已感到一种排山倒海的气势扑面而来。从此开始，车子进入昆仑山地质公园。

车子一路向前狂奔。一条无穷无尽的沥青公路，几乎不见交会的车子，好像此路就为我们这一趟而开辟。黄色的土地，干枯生涩；黄色的山峰，有时是刀砍斧劈的悬崖，有时是黄石堆砌，一座一座，连绵起伏，勾画着蓝天白云下的远方。逐渐往里，远处山峰显出一片一片的白色，那是雪，常年堆积的雪。在阳光照射下，雪山显出耀眼的白，好像大块大块的水晶石。

车子继续向前，路面逐渐颠簸。"青海可可西里世界自然遗产提名地"的牌子立在路边，棕红色路牌上，有中文、英文、藏文标识。简笔画的藏羚羊头像勾画在一旁。我们下了车稍作歇息，"索南达杰"的塑像立在一旁。

可可西里，那个陆川镜头下的可可西里，就在脚下，就在身边。眼前的视野辽阔起来，一眼望不到边际的草原。草原上铺着一层迷蒙的黄，那是秋风中日渐枯黄的草。

远方，那一个个挪动的黑点点是什么？有人惊呼：藏羚羊，藏羚羊！一车子的人都呼应着，对对对，我看见了，我看见藏羚羊了。

我们坐在车子里，发出一阵欢喜的笑。草原上所有移动的点，都是藏羚羊吧。

功夫不负有心人。果然，在离路边不过几十米的距离处，一头藏羚羊，孤零零的，一边漫步，一边埋头吃草。走上几步，低头嚼上几口。我们忙请司机停车，大家趴在窗玻璃上，欢呼，惊叫，拍照。

车子到达目的地，"青海可可西里国家级自然保护区索南达杰保护站"，至此，我们真正到达可可西里边缘。英雄保护站就像是可可西里的瞭望口，是中国第一个民间自然环境生态保护站。保护站就在公路边，一排平房，设有站长、副站长、协警人员。他们的主要职责是进入可可西里巡山，保护生态环境，也收养受伤的野生动物，有时还接待志愿者、过路旅人。

走进房子，一长条走廊，一排房间，接待室，储物室，起居室。靠在最右边是厨房，简单厨具，地上木架上堆积着大米、土豆等食材。厨房里有一个高个儿男人，康巴汉子，皮肤黝黑，脸形棱角分明，一头浓密的黑发，根根写满倔强。"请问，这里有水吗？我想洗个手。"话一出口，我便感到自己这个要求有一点儿奢侈与过分。"这里没水，对面有。"藏族口音，说起普通话有点儿吃力。

我有点疑惑，厨房怎么会没有水？转身经过两间宿舍，一间杂物室。里面有两只白色塑料桶。一只桶上加了盖，盖上放着水勺。我拿起水勺，对着一只没有加盖的水桶，往里伸进去，一直到最底层，水勺碰到桶底部，发出一声"砰"响，没有水。打开另一只桶盖，直到最底层，舀上半勺子水。汉子跟了进来。他接过我手中的水勺，带我到门口处，地上放一个水盆。他帮我冲手，水声哗哗，落入水盆。水盆里已积着半盆子水——浓重的浑黄，好像从黄河深处捞上来。

我感到不安，简单搓手：够了够了。汉子说：没关系。将半勺子水全冲在我的手背上。

在接待室，我们取出自己带来的方便面、火腿肠、牛肉，开始安排中餐。为了冲方便面，用了一个铅质大水壶烧了满满一壶水。导游说：作为保护站，这里已经有了一个比较完善的运行模式。经过多方宣传，可可西里已拥有很高的关注度，生态保护意识与保护行动都有了很大改善。每年都有收到来自各方的捐助，还有各地的志愿者来这里参与巡山。近几年来盗猎之类事件基本没有，可可西里的藏羚羊数量已经达到了七万多只。不过，由于不断接待来自多方的志愿者与过路旅人，因而产生了很多垃圾。这些垃圾只能收集起来，出钱请过路的货车带出可可西里。

垃圾难以处理，如果不是导游提醒，我们是一定想不到的。作为外来游客，只有对可可西里神秘的向往与好奇。我们一群人一次中餐，就在茶几上摊开一大堆垃圾。我们忙将垃圾整理起来，余下好几袋食物，就留在了保护站，所有食物，都是稀缺资源。

走出院子，康巴汉子正与一位二十多岁的驴友坐在太阳底下聊天,俨然熟识如多年的老友。一辆单车靠在台阶上。他啃着我们刚留给保护站的馍馍,慌里慌张的,显然是饿得紧了。他说自己是重庆人,从格尔木出发,目的地拉萨。单位请假出来的,回去还要上班。单骑才两天,高反有点儿厉害……

驴友吃过馍馍,用手背划过嘴角,干裂着的嘴唇,喘着粗气。他扶了扶头盔,紧了紧衣扣,准备启程。汉子提着一袋食物,递给他:带上,带上。驴友面有羞涩,推让一番,接下食物,塞进衣裤口袋里。

饭后,汉子带我们绕过平房。后面是一片大草原,干涩的黄,连绵起伏,一直伸向远方,那是风过的脚印。远方有雪山,雪山顶上是湛蓝的天空。草原上用铁丝网围出一大片草地,草地上十来只藏羚羊在里面漫游。他说,这些都是他们巡山时候带来的,有的是受了伤的,有的没有了母羊,有的还是幼崽就生了病,在这里疗伤养护,直到有一天能够独立生活,便会被放回到大自然。我们围着铁丝网,好奇又惊喜地拍照呼叫。一转身,他已进入了铁丝网内,羊群马上围拢过来。他伸手拍拍这只的脑袋,摸摸那只的脊背,便向我们这边走来。几只藏羚羊便跟着他的脚步,尾随而来。他停住,几只藏羚羊也停住,伸着脖子,看看他,在他衣袖边闻闻嗅嗅。有时也用眼睛扫过铁丝网外的我们,眼珠子黑溜溜的,没有羞涩,没有胆怯。随后,他开门走出了铁丝网,几只藏羚羊的视线还尾随着他的背影,眼巴巴地。

行走泰北

名扬中外的风景名胜常以傲慢的姿态供人仰望，沿
途的意外邂逅却多以平实的方式印在记忆里。

——题记

（一）中华山地村

在拜县，租辆车子围着小镇跑个遍是个挺好的主意。
到达宾馆之后，我们就与前台联系，定了一辆小车。车子
来了，丰田越野，很有些年岁，方向盘、换挡杆都绑着绷带，
好像伤痕累累的老兵。

司机是位年过五旬的男子，身材瘦小，头发稀疏，黝
黑的皮肤泛着太阳的光。他说自己是云南人。父亲早年是
中国远征军，流亡缅甸，后到泰北山村落脚。

远征军，一段在中国历史教科书上模糊不清的往事，
没想到在这泰国边缘的小镇，居然会遇到一个如此具体的
当事人。

司机虽会中文，却不善言辞，送我们到目的地，就在
路边一块石头上蹲坐下来，抽烟，遥望，静默如远山。虽
身为中国人，但毕竟在泰国待了四十多年，说起中文，还
是有一些吃力。那次，我们游玩拜县大峡谷。大峡谷经长
年累月侵蚀风化，在群山之巅裸露着浅褐色的泥土，连绵
起伏，坑坑洼洼。两边都是悬崖，刀砍斧劈一样。站在峡

谷边缘，便觉头昏目眩。四周无安全提示，也无任何防备措施。我们站了一会儿，便退下来。回到车上，说起这段大峡谷，还心有余悸。司机说，老外就有掉下来过的。"真的吗？那怎么办啊？""掉下来，就拿上来啊！受伤了就拉到医院去。"他认真地解答。

一个"拿"字引得我们哄堂大笑。好像看到那个倒霉的白人男子，金发凌乱，一脸惊慌，正被他提在手掌心里，从峡谷深处一步一步挪上来。一场悲伤的事故瞬间充满了浓浓的喜感。

第二天一早，天色蒙蒙亮，他便开车来接我们，到拜县云来观景台看日出。恰逢雨季，云层浓厚，虽是晴天，却见不到太阳初升的样子。不过，清晨的云来山顶，远处群山施黛，云雾缭绕，空气清新，静谧自然。看山下，整个拜县小城几乎尽收眼底。红瓦白墙，散落在绿树青草野花遍地盛开之间。司机说，下行几百米的小村庄，就是他住的地方。

小村庄名为山地村，聚集了三百多户人家，全是中国远征军后裔。村内房舍沿着山势而建，高高矮矮，错落散布。一条仅能通过一辆小车的土路穿过小村中央，歪歪扭扭，从山脚到山顶。途中，一座名为"海育中学"的学校吸引了我们目光。大门口，两根柱子竖着繁体对联"海纳百川教无类，育才千秋耀中华"，横梁上白底黑字"泰国泰北华校山地村海育中学"。校内两排小平房，中间一片空地，摆放着几台篮球架。靠北位置是一座圆形主席台，上面竖着一根细长旗杆，上面飘着泰王国三色旗。除了那一面国旗，其整体布局就是国内二十世纪七八十年代最为常见的普通乡村小学。

大白天，校园空无一人。一排平房三间教室，每间教室里摆有二十来张木桌子，红色塑料椅子，椅背上用毛笔写着："蒋天照捐赠""高雄科技大学捐赠"。教室白墙上贴着"一日为师，终身为父"的繁体字。黑板上还有分数加减运算的横式，"读作五分之三"的中文说明。那用白粉笔加了圈圈的标识，是老师特意提醒哪个粗心孩子的？

对面一排平房，分别安排有教师办公室、计算机房，还有乒乓球室。透过窗户，可以看到计算机房内，每一台显示器都还套着包装袋。白墙上挂着一串红红的灯笼，一个大大的"春"，喜气洋洋。雄狮飞舞，母狮慈爱，一条红绶带上飘着"龙的传人"，从屋顶一直到窗台下。

司机说，这是村子里的学校。孩子们白天到城里上泰语学校，晚上在这里学中文。学校运行经费主要依靠华人捐助。老师都是志愿者。他站在清晨阳光里，操一口生硬中文。

（二）乡村小学校

下午两点多钟，车子面向太阳方向，奔行在清迈郊外的小路上，大家都有点儿昏昏欲睡。同行的颖一声惊呼："学校。"

"哪儿啊？"我们顿时来精神。

"你怎么知道是学校？"

"直觉呗。"

职业的直觉。我们忙请司机将车子掉头，重新回到原地。司机来自清莱，二十多岁的小伙子，在台湾省生活了几年，会一点儿中文——真的只会一点儿。一路上我们常问这问那，小伙子大部分时候只用"真的吗？""有吗？"来回答，拖得长长的尾音，听起来很在行的样子。他确认，这是一所学校。沿着马路边，一长条低矮的红墙，上面是黑色铁栏杆。围墙正中是一座典型泰式屋顶，下面一块青灰方形石碑，碑上刻着文字，大概是校名。透过铁栏杆，可以看到一片操场，杂草丛生。两座楼房，二三层高，朝北朝南摆在操场边。朝南楼房前，竖一根细高旗杆，上面飘着一面泰王国三色旗。

有围墙，校门敞开，也无保安岗亭，一路长驱直入。沿着泥路进入校园，靠右的围墙边，先是停车场，再进去一些，居然是一座金身佛像，端坐在莲花台上，四角厅内，很精致。佛像前鲜花烛台焚香盒依次摆放，可见平时打理得精细。

因为是周六，校园内没有学生。朝北楼房一层，办公室里走出一位年轻女子，黝黑皮肤，一看就是泰国人。我们操着一口生硬的英语，表达自己的意思。她倒非常随和，微笑相迎，还指着墙上一排教师亮相台中的一位，告诉我们她来自中国。我们细一辨认，相片上一位年轻姑娘，来自云南。在这偏远乡村校园，居然还遇到来自国内的同行，顿觉亲切至极。

我们在校园里走了一圈。两排楼房，十多间教室。教室门口的班牌、教师名称、功课标识，都是泰英双语。透过一扇开启着窗户，可以看到教室内装饰。空间不大，粉色墙体，二十多张桌椅，秧田式摆放，四面墙上全是学生作品或是训诫标语，也双语呈现。在泰国走了那么多天，发现这沿途很多人都会点英语。夜市小摊主、便利店营业员、双条车司机，酒店前台接待就更不用说了。这里的英语普及这么广，除却发达的旅游业带来的现实需求，学校教学设置及教学环境也功不可没。

操场边一排公告栏上，张贴的大多是学生作品，图文并茂，稚拙童趣。一间大型会议室，兼做餐厅用，平时可能也是学生聚会演出与室内活动的场所。舞台上竖着巨幅泰国王后人像。

走出教学楼，沿着操场边向外走，一排垃圾箱引起了我们的注意。这可能是我见过的最简陋的垃圾桶了。由铁皮与铁丝搭成，分四格。里面内容一目了然，依次塞着纸板、电线、塑料瓶，还有混合垃圾。这是不是最直观的垃圾分类教育？第一晚逛清迈城内阿努善夜市，众多小摊点从场内一直伸到马路两边，各色行人熙熙攘攘，摩托车、嘟嘟车、双条车、小轿车……在行人与摊点间隙里来回穿梭，不温不火。低头看看，泛着青光的水泥地，就像刚用板刷清洗过，没有果皮纸屑，更无污垢和油汁斑斑。这与我们在国内的生活经验严重不符啊。四处搜寻，居然还找不到醒目的垃圾桶。在这座乡村学校的一排垃圾桶前，似乎能够找到一些答案。想起自家小区楼下，几个墨绿色塑料垃圾桶并列摆放，外面也鲜明亮着"可回收垃圾""不可回收垃圾"。不过，涌出桶外的内容常常是差不离的。

某日傍晚，清迈古城内，也是一座校园，比起乡村学校，单看建筑，不可同日而语。透过铁栏杆，校园门口居然也是一座佛像。这座佛像要高大雄伟豪华得多，四角亭内阶梯递进，四处金碧辉煌，四周鲜花绽放。

后来，在曼谷，入住酒店旁也有一座学校。城市主干道边，一道高又长的白围墙。围墙上张贴着学生放大的照片，白衬衫，深色皮肤，脸上挂着浅浅的笑。相片底下大段大段泰文介绍，大概是获得的荣誉、取得的成绩吧。仅从外观来推断，应该是属于"省重点学校"级别了。校门口，保安亭，桌旁坐着一位身穿制服的中年妇人。我们掏出护照，表明身份，表达意愿。她说，根据规定，校园是不可以参观的。

（三）异邦黑女郎

清迈郊外有一处温泉公园。没错，温泉，公园。

温泉虽是大自然的恩赐，但在国内却无平民姿态。建个酒店，造个山庄，再撒一些盐巴草药玫瑰花瓣，就有了不菲的身价。是个周末，公园门口，三五成群，男男女女，带着老人，牵着小孩，举家出行。背心短裤，趿着拖鞋，手里卷着席子，提着小篮子，篮子里盛着鸡蛋。据说这处温泉最高水温可达105摄氏度，将盛着鸡蛋的篮子放在泉水里，不用几分钟，鸡蛋就全熟了。我们也在门口小摊上买了一篮子鸡蛋，融在人群中，进了公园。

公园内修了一条溪坑，一米见宽，蜿蜒曲折，引导温泉从上而下，缓缓流淌。越往下，水温也逐渐降低。休闲的人们坐在溪坑边上，卷起裤管，将双腿泡在泉水里。身后铺开席子，摆上煮熟的鸡蛋、自带的水果。头顶上，一片绿树浓荫投下来。碎碎的阳光清凌凌地跳跃在泉水里，透明澈亮。微微暖意从脚底、脚踝向上爬，直到脸颊通红，浑身汗涔涔。斜对面，两位年过古稀的老太太，灰白头发、灰黑上衣，胸前各配一朵大白花。黑裤管卷直到大腿处，一双肥嘟嘟的腿泡在泉水里晃荡着……那是一对老闺蜜，还是老邻居？

一抬头，溪坑对岸坐着一女郎，皮肤黝黑，一头长发撩到右肩胸前，双腿在泉水中摇晃着。我们一对视，她便展开明媚笑，像清迈街头的夏花："Are you Japanese？"我的英语很烂，一个"Japanese"倒是听懂了，"No，We are Chinese."黑美人很开心，看我能流利回应，继续一长串英语咕噜咕噜冒出来。这一下子，我全懵了，只得摇头，用微笑回应她的热情了。

她一转身，从身后随手带的食物袋里取出一大串桂圆，装在透明塑料袋里，隔着一间温泉递过来，一边以手势示范先剥开再放入口中。我们接过桂圆，尴尬地笑：完全推辞不恰当吧？全收，不合适吧？中国人收礼物哪有这样不客气的啊？哇！太客气了！谢谢你啊！真不好意思啊！我们取几个尝尝味道就可以啦……那么多想要表达的谢意善意还有中国式客套，全都堵在心口。学校老师教的英语不够用啊！女郎看我们接过桂圆，坐在对面，开心地笑，一双晒得油光的小腿，在透亮温泉里晃荡着……

我们找来租车司机，泰国小伙子，请他转达。他们隔着一条溪坑，一阵叽里呱啦，也不知道是不是说清楚了我们的意思，只见那女郎脸上泛起一阵一阵欢笑。对这泰国小伙子来说，中文太难，中国人复杂微妙的情感世界更是千丝万缕，千回百转啊。他说，收下礼物吧。女郎来自瑞士，来泰国旅游。

旅行真是太奇妙！在泰北郊外公园一角，几个中国女人与一个瑞士女郎，经过万里路程，飞机辗转，汽车颠簸，沿途小路弯弯，可曾料到在此一刻的隔溪相望？言语不通，善意相传。

离开时，我们合十致谢，心存喜悦："Thank you very much. Welcome to China."

世间多少相遇，一辈子只此一回。

（四）边陲小城

"吐了几回，终于到拜县了。"一个男子表情惊悚，立在小店门口的卡通画前。爬过山路八十八弯，九座中巴车摇摇晃晃，挪进了小城，停在路边，一家三米来宽的小店前——这便是拜县小城的长途汽车站。

拜县是泰北边陲小城，向着西北方向驱车两小时，就可到达缅甸境内。小城真是小，几条街道，纵着横着，站在这一头，看到那一头。狭窄街道，沿街小店，全是低矮平房，几乎伸伸手就可触到屋檐。这种低矮，有种小心翼翼，也是不以为然。咖啡馆、小餐馆、服装店、装饰品店……有的门面四方敞开，一览无遗，从店内一直通到马路上；有的小店木门微掩，轻轻一推，就可消失在门内。屋檐下立着一张小圆桌，两把木椅子，随时静候你的小憩。门口花团锦簇，各种叫不出的花花草草，或是疏疏朗朗，或是挨挨挤挤，全是任性而自由地生长。

我们一行下了车，拖着行李，拐进路边一家小店用午餐。三开间门面，几排木桌木凳，一张"7"字形柜台沿街摆放。一个年过六旬的男子迎了出来，灰白头发，背心短裤，走起路来塑料拖鞋踢踏踢踏响。脸上挂着的老花眼镜，一直滑到鼻尖上，好像刚从八卦小道消息的报纸堆里醒过来。

过了正午时间，生意也清淡，店内就男子一人。点菜，上菜，收款，还擦拭桌椅，从老板、账房到服务员。上菜慢了一些，先端上几杯芒果汁。果汁浓到吸不上来，众人直呼太厚道。给我们上好菜，他便又回到柜台后，摊开报纸，推上老花镜，专心看起来。吃过饭，买过单，老板听我们说刚到拜县，便放下报纸，从柜台后面走出来，将老花眼镜扶上鼻梁，对着我的手机屏幕，拉开老远距离，念念叨叨，辨析我们预订酒店的名称。他说，哦，知道了。我打电话，他们会来接。

我们正为这一口中式英语如何在电话里与前台沟通而犯难。老板拨打电话，一通泰语，对我们说，等着，车子马上来接，大概五六分钟。说完，又回到柜台后面，一双塑料拖鞋踢踏踢踏响。离开时，我们忙不迭道谢，老板从老花镜上方抬起眼来，挥挥手，淡淡地说，不谢。

小城游客很多，大多是欧美人，高高个子，粉白肌肤，凌乱金发。游客都喜欢租一辆摩托车，在小城内、山间小路上，呼呼作响，闪过来、闪过去。骑车的人很多，路上却不见清晰的交通标识，更无交警指挥。一个十字路口，一声"砰"响，两辆摩托车轰然撞在一起，倒在地上，车上三四人弹出几米外，仰翻在马路中央。"出大事了。"我们站在不远处，目睹这一场瞬间发生的事故，目瞪口呆。没想到这几个人从地上爬起来，摇摇手臂，拍拍衣裤，似无大碍。两车司机，一矮胖的泰国女人与高个儿金发男子，在马路中央，一阵比画，叽里呱啦，还相谈甚欢的样子。之后，各自拖起摔在地上的车——车头配件稀里哗啦散了一地。不一会儿，回头望，路口早已人去车离，恢复了旧模样！

车子驶上几分钟，便穿出小城，奔向郊外。小路沿着山势起伏，弯弯曲曲，满眼都是葱茏绿树、丝绒草地。说起拜县，似乎还真没有什么可以掰着手指头说得出来的名胜景点。大自然对这片土地并无过多厚爱。粉红小屋，就是将一座座小房子漆成粉红色，连停歇在草地上废弃的吉普车，也被漆成粉色。客栈老板是不是痴迷粉色裙、永怀少女心的妇人？倒立屋，是一个顽皮孩子刻意的恶作剧吧。将一座木屋建造在纵横交错的枝丫上，好像燕子筑巢安家之所……还有草莓园、大树秋千、巧克力屋、恋爱咖啡馆，全是一颗童心、一份创意在这片土地上自由自在的涂鸦。

入夜，街边小店里，点几个小菜，喝着冰镇啤酒，三五知己小聚。小木桌靠在街旁，隔着一排矮的栏杆，阔叶绿意蔓延处，街上行人悠然，对门小店灯火昏黄。夜色朗朗，清风徐缓，就此地老天荒。

拜县美，美而不自知。

走笔卓尔山下

车子行驶九百多公里，终于看到一个红绿灯。

上午八点，我们从青海湖出发，奔驰在一条乡间小路上。相向两车道，有时笔直向着前方，没有终点的延伸；有时微微向上起伏，前方便是一片蓝天，似乎车子继续向前，便要驶入一片碧海。车子爬上这一道坡，眼前又是一条路，笔直向前延伸。公路两边全是无边无际的草原，向着高处山峰蔓延，向着远处湖岸边蔓延……不时会看到羊群落在草原上，三三两两，像散在天际的星星，远远望去，一团团，犹如迷蒙的云雾，吃草，歇息，或是打盹。有时，一大片羊群白花花地穿过公路。车子驶过，羊群便自然分开一条道，与过路车自然而松散地交错而过。车子经过后，散开羊群又自然合拢。

"啊，有人。"同伴惊喜地叫道。一车的人都笑了。人有什么稀奇？可是在这满天满地都是草原与羊群的地方，将近一个上午没有遇到人了。真的是很惊喜，好像他乡遇故知。只要是人，便觉着亲切。

将近日落，众人又累又饿。

前方一条不宽的马路，T字形路口摆着一台红绿灯。两边密密麻麻铺陈着方方正正的房子，县城到了。恍惚间，感觉回到尘世。

卓尔山风景区坐落在祁连山脉。山脚下，便是祁连县城。

县城很小，一条街道，从这一头到那一头，一伸手就探到城外去了。街道两旁是二三层高的楼房，底层店面，沿街开放，一眼望去全是餐馆。什么面馆、川味馆、小吃店……好像全县城的人熙熙攘攘只忙着烧饭做菜开餐馆。空气中隐约弥漫着一股淡淡的膻味。这里的餐馆无论大小，家家都有羊肉，招徕用的红色黑体字端端正正贴在透明玻璃窗上，格外醒目。

找了一家看起来比较清爽的餐馆。老板娘是个地道的汉族女子，小个子，瓜子脸，一头浓密黑发用橡皮筋随手一扎，甩在脑后。她一边招呼我们入座，一边拿着点菜单，嘴里推荐着特色菜肴，手中快速涂写着，间隙还从容指挥跑堂上餐具、上茶水，有一种我们所熟识的活络与世故。跑了那么远，即便是辽阔疆域里的大西北。

司机匆忙扒拉上几口饭，便帮我们出门去找今晚落脚的酒店。

晚八点来钟，路边餐馆敞门营业，却不见顾客盈门。走上不过两百米，便是一家酒店。高楼层，宽门面，茶色玻璃门，涂金方柱子，在整条街上已经是鹤立鸡群的样子。

　　大堂内空间宽敞，光线却有些昏暗。柜台后坐着两位接待员，在电脑显示屏前抬起头来，慵懒的脸，木然地望着你。

　　"气味怎么那么浓？还是另外再找找看吧。"我看看四周，觉得有种腌制酸菜的腐味盘踞在哪个角落。

　　"这家已经是这里最好的酒店了。这家看不上，其他的根本不用说了。"司机常带客人在这条线路上跑，对这一带情况非常熟悉。

　　"你看，这些那些到处都是宾馆哦。这些小宾馆一到旺季，被单都不换，一走进房间就很臭，你根本受不了的。"他指着马路对面几家红招牌上的"宾馆"。

　　听得人毛骨悚然。旺季省时间，淡季减开支。

　　这家至少是换被单的。

　　晚饭后，在县城内走一走。街道两边几乎都是各式餐饮。除却吃喝，总该还有点什么吧？再继续往前一些，拐一个弯儿，是另一条街。夜色下，没有灯火通明，却可以辨析出一种欧式风格的建筑群。有点儿好奇，从欧洲瑞士到西北高原，画风差异实在有点大。街道入口处，一座高大拱形门框，高处正上方门楣里标识着：瑞士风情街。街道两旁建筑仿照欧洲瑞士风格而建，各式各样小店，除却餐饮，还有茶饮、首饰、日用小商品等。全国各地，不分天南海北，旅游景区都要长成一个样吗？复制粘贴，牵强附会，涂脂抹粉。

　　这一带的卓尔山，山清水秀，牛羊肥美。峰峦起伏的山脉，一眼望不到边的草原，呈现出丹霞风貌的地质结构，有"东方瑞士"的美誉。可是，如此美誉显然只是文学表达，要是依样画葫芦，则颇有滑稽之感，就像解读"飞流直下三千尺""白发三千丈"，硬要拿个尺子量出"三千"的分豪不差。

跋山涉水，山路弯弯，经过几百公里的奔波，只愿双手触摸一下大自然馈赠于卓尔山独一无二的姿态。走下山来，入住小县城，品尝一下西北小城的特色餐饮，体验一番当地的风土人情。那种刻意而做作的所谓风光与特色，精心打造的一道道赝品，恰恰是让自己逐渐失去了自己。

进入旅游淡季，绝大部分的小店都已经关门歇业，夜色下走进这条小街，也是一片冷清。偶然有一家经营围巾帽子的小店开着门，我拐进去。店主是一中年男子，中等个子，黝黑肌肤，棱角分明，好像刚从草原上放羊回来。店主正在给另一位同样皮肤黝黑的中年男子推荐帽子。他端出一叠帽子摆在柜台上，一边介绍，一边将随手拿起的帽子盖在自己头上，对着顾客摇晃几下。顾客忍不住也拿了一顶盖在头上，站在镜子前左看右看，又将帽子送回柜台前："嗯，这顶帽子不适合我，你戴起来好看。"店主将黑帽子叠回去，又在另一堆里取出一顶帽子，套在自己头上。

我看着两个男人的买卖，心中甚是好奇，这种黑色类似绅士帽的款式，买了干什么呢？店主说，这是牧羊的帽子。哦，那一堆一堆的帽子，有黑色、深棕色、浅褐色，有的在帽檐上绑了一条丝带,在脑后位置上打一个蝴蝶结。这一路过来，时常会在遇见一群羊落在路边草原上，今天在卓尔山上也是如此。站在山顶，向下俯瞰，不远处，是一片波浪起伏的草原，呈现出柔和的弧线。一片枯黄色，那一点点、一团团的，黑色、白色，就像是洒落的珍珠，正是一只只放牧的羊啊，却没有看到人。

　　这位站在镜子前，精心挑选着帽子的牧羊人，想象他戴着精心挑选的帽子，一路行走，谁会是他的欣赏者：不言不语的羊群？偶尔奔驰而过的小车？怕只能在天高水阔草肥美的原野上自由自在地自娱自乐。

普吉岛散记

经五个小时的航程，飞机到达甲米国际机场。甲米——那是一个在世界地图上找不到名字的地方。

这是一座极小的机场，可能也是在不知所措当中忽然转身成为国际机场。踏入机场大厅，居然闻到一股方便面的味道，不知道是空间太局促，还是气味过于强大。进入二楼，刚出电梯，便是入境大厅。大厅很小，一架飞机到达，整个大厅就挤满了人。入境通关的窗口只有一个，办事人员一头银发，老花镜后一双眼睡意蒙眬。他接过护照，有时低头翻看，有时打量柜台前的游客，身子常不自觉地在椅子上挪动着，似乎坐得太久，想要伸个懒腰。等待通关的游客，排起长长的队伍，弯弯曲曲，几乎纹丝不动。如此办事效率，几乎让人看不到前进的希望，后面游客不禁低声抱怨。我们的前面还有十来位，看这个架势，至少半小时吧。导游说，那边可以快速通关，二十块人民币一个人。我们挤出队伍，往角落边走去。果然看到一个 VIP 标识，摆着一张桌子，却没有工作人员。问问旁边的人，他们指了指里面一张桌子前埋头的两位警官。我们招呼着，一位脸庞黝黑、身材肥硕的女警走来，我们将一叠护照与人民币递上。她微笑着接过，挥手让我们过关。就这样过啦？我们一脸诧异！真是惊喜来得太突然。那边正常工作的速度都是为这边做铺垫的吗？

出了机场，坐上大巴车，经过半个来小时的行程，停在一家度假酒店门口。我们从车上下来，刚走几步，迎面就是酒店大厅柜台前。觉得有点怪异，好像缺了一点什么。转身四顾，大厅装修以米黄为主，线条简洁的现代风格，很是清爽。哦，中国人所看重的门面呢？酒店居然没有门也没有窗，一览无遗对着大马路！

大厅正中位置，贴一幅画像，是刚刚谢世的拉玛九世国王。画像前摆着一张方桌，上面摆着供品，桌子边沿用黑色与白色布条折叠成波浪形花边。第一眼见到不禁惊诧，之后几天行程中，这样的灵堂随处可见，包括酒店、学校、警署等一些公共事务场所。据导游介绍，为悼念拉玛九世国王，目前泰国还处于国丧期间。

因为凌晨到达，已深觉疲惫，简单洗漱就上床休息了，醒来后已是上午八九点钟。拉开窗帘，第一次看到泰国风光。灿烂的阳光、高大的棕榈树，满眼都是浓浓的绿色。一低头，正是酒店游泳池，白色太阳伞、米色躺椅、蓝色水面，早起的游客已在水中鱼儿般滑动。而让人深觉惊讶的是，紧挨着酒店泳池，是一排排用石棉瓦做屋顶的房子——如果这也称为房子的话。这些石棉瓦房，搭建在沼泽地里，约一米多高，四周围着灌木丛。屋门口泥泞地面上的生活垃圾，与一条踩出来通往大道的小路，让人确定这是住人的地方。一边是阳春白雪的度假酒店，一边是贫穷艰辛的底层生活！后来，我们的车子驶出酒店，拐进山野马路，石棉瓦房里正走出一个黑瘦的男子，漆黑目光木然遥望着大巴车摇摇晃晃驶向远方。

坐在酒店餐厅，一眼就望到老远的前方了——餐厅也是没有门、没有窗的。一米来高的围墙疏疏朗朗，也是简单意思一下。后来走了几天，才发现当地的酒店、餐厅，大多是没有门没有窗的。有些沿着大马路而建，一下车就可直接上餐桌了；有些沿着河岸而建，半米来高小栏杆简单遮拦，一纵身就能跳入河中，就连我们之后几天在普吉岛入住的酒店也是如此。据说那是当地最高档的住宅区，一幢房子大约八百万泰铢，车库、泳池、蒸房、亭台……一应俱全。房子外面也只是一米来高的小围墙，围墙上凹凸镂空的设计，几乎只表达审美，无关防备。翻身过墙，穿过车库，便是院子里的泳池。顺着泳池边沿，推开一扇扇落地玻璃窗，就是厨房、客厅、卧室了。第一天入住，我们一行人彼此反复提醒：记得关好门窗。其实，如此门窗，只挡君子，不防小人。

这样的房屋设计，应与环境气候有关吧。导游说，岛上天气只有两种：热与更热。我想，如此不加防范怕是与当地民风淳朴人性敦厚也不无关联。

热带气候带给普吉岛阳光、丛林、碧海、白沙滩，还有土里出产的香喷喷的大米、甜到发腻的水果。而全民信佛的宗教文化，也让这个国度拥有一种与众不同的气质。

查龙寺是普吉岛上最大的寺庙。主大殿、舍利塔、寺庙原址和老祖师庙四个殿分散而置。红瓦，白墙，金色塔顶高高耸立，融合了泰国南部、中部、中北部的建筑风格。这里没有香客熙熙攘攘、红烛满地、烟雾缭绕。正装、脱鞋入殿，走在一片安静而不压抑的空气里，俨然感到一种宁静与祥和。站在舍利塔最高处，往下望，是一片绿意盎然的草坪。草坪一对盛装男女正在拍摄婚纱照。白婚纱、黑西服，笔挺站立，似乎正在摄影师的引导下，双手合十，做虔诚拜佛状——一组以寺庙为背景，以朝拜为姿态的婚纱照！

站在舍利塔顶层，可以俯瞰查龙寺全景。除了一片绿草地，还有一排排用蓝色白色灰色塑料布铁皮瓦搭建的小摊点。这些小摊点紧挨着寺庙周边，就像那些贫民窟与度假酒店相毗邻一样。初一看，是不是很煞风景？

摊点上大多销售廉价的沙滩裤、拖鞋、当地小吃……各式各样。我们逛到一家甜品店——且称之为甜品店吧。一块木牌子挂在铁皮瓦下：冰咖啡、冰红茶、冰柠檬茶。摊点里摆着几张塑料椅子，椅面上刮擦纹路密密麻麻，让人有点担忧这些椅子是不是足够结实。我们一行人进入，一位年过六旬的老者，笑呵呵地起立招呼着。一张黑漆漆的操作台前，身材胖胖的女主人手脚麻利地取出杯子，倒上水，兑上咖啡粉，转身在一旁大木桶里捞上一大把冰块，倒入杯中。她的男人——一脸庞黝黑的中年男子，穿着塑料拖鞋，在一旁拾掇着。一张小矮桌前，坐着一个四五岁的小男孩。他一只手捧着饭碗，另一手用小调羹撩着饭菜，眼睛却盯着桌前的手机屏幕——屏幕传出一阵阵夸张的笑声。

摊点里还有一台浅绿色小冰箱，一张还未叠放好的躺椅。这大概就是他们谋生之处，也是安家之地吧。只是四面无一处遮风挡雨的墙啊！

五杯饮品共一百泰铢，我们取出一张伍佰元泰铢。女人接过，看了看，面有为难。她的男人走来，接过一看，露出讪讪的笑：找不开。

佛法无边，普度众生。这些沿寺庙而建的小摊点，就是靠着寺庙的香客带来微薄的收入。读懂佛祖之意，是不是觉得我们想要的风景有点狭隘？

泰国除了佛教之国，闻名遐迩的还有人妖。看人妖表演，惊奇是大于惊艳的。舞台上那些精致五官、妙曼身材、美妙的舞姿，怎么也看不出来是人妖啊。一场秀结束，他们走下舞台，在广告牌前招呼你与他们合影的时候，仍会感到一种惊魂未定的茫然——这是一个怎样的世界啊！

在泰国，遇上人妖绝不是稀奇的事。一次，我在便利店的收银台前，看到靠门边的收银员，一头长发披肩，浓妆艳抹，一副女生打扮。可那过于硬朗的面部轮廓，宽厚的肩膀，还是难以掩盖他本来的男儿身。身边的同事与他从容交流，神态自若。导游介绍，在这个只有六千多万人口的国家里，人妖有四五十万，而这还只是一个保守的数字。教育系统、政府机关、服务行业等，都有人妖从业人员。人妖分成一、二、三号，成为人妖需要高昂的经济支撑，绝不是普通人所理解的因为贫穷而选择人妖之路。有很多人，还在努力工作攒钱，奋斗在从一号到二号，或是从二号到三号的路上。他们的一生很辛苦，可至少，勇敢地成为自己想要成为的样子！

零零散散记录一些普吉岛之行沿途观感：生活原是有很多种样式，去别人生活的地方看看，对这个世界、这样的人生，会多一点理解，多一份包容。

好人与真人

——张爱玲小说《封锁》主题赏析

很喜欢小说开头。

"……在大太阳底下，电车轨道像两条光莹莹的，水里钻出来的曲蟮，抽长了，又缩短了；抽长了，又缩短了，就这么样往前移——柔滑的，老长老长的曲蟮，没有完，没有完……开电车的人眼睛盯住了这两条蠕蠕的车轨，然而他不发疯。"

有一段时间，我站在路口，看一辆一辆公交车从眼前经过。身躯庞大，色彩媚俗，摇摇晃晃，一如步履蹒跚的老妪，心中想：年轻的司机一天要几次经过这固定的巷弄、街道、路口、拐角、站牌……一个月，一年，一辈子……

小说男主吕宗桢，会计师，银行职员，穿整齐西装，提公事皮包，戴玳瑁边眼镜，三十五岁的中年人。太太交代他下班后到银行附近一家面食摊子上买菠菜包子。此刻，他正抱着报纸里热腾腾的包子满街跑。他是个好人，好丈夫，好父亲，好市民。

吴翠远，二十多岁的姑娘，大学里教书，长得不难看，一种模棱两可的美，好像怕得罪了谁的美。"……整个的人像挤出来的牙膏，没有款式。"家里边都是好人，她也是个好人，好女儿，好学生，好老师。

吕宗桢和吴翠远，两位面目模糊的好人，就是电车两道光莹莹的轨道。寻常，平行，延伸，永无交集。

封锁了，他们有交集了。他们不仅有了交集，还交谈了；不仅交谈了，还相互交心地谈话；不仅相互交心谈话了，还恋爱了；不仅恋爱了，还打算结婚了……

吕宗桢是不善言辞、循规蹈矩的中年男人——世故总能将你修成它想要的模样。可是，不知道为什么，忽然在这个年轻陌生长相寻常的女子面前，居然开始了絮絮叨叨。

"忙得没头没脑。早上乘电车上公事房去，下午又乘车回去，也不知道为什么去，为什么来！……说是为了挣钱罢，也不知道是为谁挣的！"

"我简直不懂我为什么天天到了时候就回家去。回哪儿去？实际上我是无家可归的。"

"咳！混着也就混下去了，不能想——就是不能想！"

……

如果说刚开始搭讪吴翠远的吕宗桢是为了避开他太太的姨表妹的儿子董培芝，这时候那个讨人厌的远亲已经识趣走开，他大可以叠交双腿闭目养神，顺便揣摩一下新来的上司捉摸不透的眼神——这才是一个中年好男人该有的样子。

可是，不知为什么，就是着了魔。对这邻座的陌生女人，已经开了场的陌生女人，居然开始了唠叨、抱怨和倾诉。

如果说刚开始搭讪的那些鬼话，只是顺手扯来，心不在焉，不以为然，那么这时候的他却是自然而然真心投入了。

为什么而来，为什么而去？无家可归，无处可去……人一思考，上帝就发笑。想那作为银行职员的会计师，在他人眼中中产阶级的模样，周旋上司，当心后辈，沉在各种各样数字堆里求解包罗万象的世态万千。困局，突围；困局，突围……下班回家，奔走在小巷面食店里，接过一团用报纸包着的菠菜包子，那是太太交代的晚餐主食或是明日早餐，餐桌旁定然还站着一群由高到低一字摆开的熊孩子。一日复一日，一月复一月，一年复一年，精打细算的日子哪有一丢丢的诗和远方？

想起开篇的抽长了又缩短的曲蟮，你以为只是电车司机的生活吗？谁不是呢？只是换一个地点，换一种方式罢了。

为什么而来，为什么而去？

不可细思量，不可细思量。

日常里的吕宗桢还可以和谁说说这些不着边际的傻话？挽起袖口忙碌柴米油盐顾不上撩起额角乱发的太太吗？近可称兄道弟远如萧郎陌路的同事朋友吗？年逾古稀白发苍茫安享斜阳日落的爹娘吗？

谁是你用心倾诉的对象？这些傻话！

中年的忧伤。走了越来越长的路，识了越来越多的人，拥有越来越厚的资源。茫然四顾，举杯独凄然。

这一刻的吕宗桢，是入戏了，是动真情了。

面目模糊的吴翠远，没有什么特点，没有什么款式，渐渐地，也变了模样。做惯了"好人"的她，猛然间遇上了一个"真人"。"她的脸像一朵淡淡的白描牡丹花，额角上两三根吹乱的短发便是风中的花蕊。"

"他看着她，她红了脸。她一脸红，让他看见了，他显然是很愉快。她的脸就越发红了。""宗桢没有想到他能够使一个女人脸红，使她微笑，使她背过脸去，使她掉过头来。在这里，他是一个男子。"

他不是丈夫，不是父亲，不是职员，不是用报纸包着菠菜包子满街跑的小市民。他是一个男子，一个纯粹的男子，一个令女人脸红的男子！

他做回了本来的自己。

他们坐得更近了。相知，相恋，深深相爱，谈婚论嫁了——

"一阵欢呼的风刮过这大城市，电车当当当往前开了。"

封锁开放了。

吕宗桢不见了。

"她一睁眼望见他遥遥坐在他原先的位子上……整个上海打了个盹儿，做了一个不近情理的梦。"

梦醒了。

"常态""非常态"，再回到"常态"，在短促逼仄的陌生时空，男女主人公急速上演了一场极致情感体验。夸张、离奇、巧妙，还一如张爱玲往常的调调，难免嘲弄意味。

引人会心一笑，不禁心生怜悯。我们是不是吕宗桢或吴翠远呢？在家里做一个好伴侣，在学校里做一个好学生，在单位做一个好员工，在社会上做一个好市民。一辈子为这个"好"字努力。

习以为常地越来越好，让"好人"以为生活本来就是这样，日子本来就是这样，人生本来就是这样，我本来就是这样。一次非常规的封锁，将"好人"打出了常态。这时的"好人"不是学生，不是职员，不是丈夫，不是父亲，不是市民，我成了我自己！

有形的封锁，恰是无形的释放；有形的释放，重归无形的封锁。

"世俗是这样强大，强大到生不出改变它们的念头。可是如果有机会提前了解了你们的人生，知道青春也不过只有这些日子，不知你们是否还会在意那些世俗希望你们在意的事情，比如占有多少，才更荣耀，拥有什么，才能被爱。"

无问西东，何其难也！

我们常常不由自主地也要打个盹儿吧？比如一场无目的的旅行，一次无预设的醉酒，或是偶遇一回突如其来的封锁。好像《廊桥遗梦》中弗朗西斯卡和罗伯特的相遇，深恋四天，怀念一生。

偶尔打一个盹儿，多么美！

"……在大太阳底下，电车轨道像两条光莹莹的，水里钻出来的曲蟮，抽长了，又缩短；抽长了，又缩短了，就这么样往前移——柔滑的，老长老长的曲蟮，没有完，没有完……"

逃不掉的。

佟振保的"逃"和"要"

——张爱玲小说《红玫瑰和白玫瑰》人物赏析

佟振保冲出家门。黄包车过来兜揽生意,他没讲价坐上就被拉走了。

他做梦也没想到,那圣洁的妻,居然出轨了,而且还是一个裁缝———一个年纪虽轻,背有点佝偻,脸色苍黄,脑后还有几个癞痢疤的裁缝。

到底哪里出了问题?小户人家出身、寡母养大的佟振保,人生道路小心翼翼战战兢兢不松懈不偏移,向着预设中的样子有条不紊地建设。留洋学历,体面工作,孝敬寡母,帮衬兄弟,提携朋友……整个是最合理想的中国现代人物。

"也许每一个男子全都有过这样的两个女人,至少两个。娶了红玫瑰,久而久之,红的变了墙上的一抹蚊子血,白的还是'床前明月光';娶了白玫瑰,白的便是衣服上沾的一粒饭黏子,红的却是心口上一颗朱砂痣。"

有些语言,它会超越时代局限历经岁月尘埃依旧熠熠生辉光彩夺目。这在张爱玲的作品中俯拾可得。据说有些男性读者并不愿意细读这部小说——直面有种被剥下衣物狠狠示众的尴尬与不安。其实对男人毫不留情的张，对女人何尝有过手软？比如"所有的女人都是同行""得不到异性的爱就得不到同性的尊重，女人们就是这点贱。"直截了当地掀去了美颜滤镜，让黄斑、黑点与坑坑洼洼一览无遗、无处躲藏。

佟振保的妻名叫孟烟鹂，"大学毕业的，身家清白，面目姣好，性情温和，从不出来交际"——量身定制的贤妻标配，样样拿得出手。母亲托人给他介绍，看到孟烟鹂小姐时，振保就向自己说，"就是她罢"。一句交代一段婚姻开始的全部过程，就像提交一份作业，到点了，必须完成。

其实，对于这个最合理想的中国现代男人而言，贤妻出轨可能还不如刚刚在电车上的一幕更让人沮丧、悲伤与绝望。真正能够伤害到你的是你所在意的！

娇蕊是朋友王士洪的妻，丰盈、性感、开放，一如红玫瑰的热情与浪漫。佟振保第一次见到王娇蕊时，这个美丽女人正在洗头，头上堆着肥皂沫子。她将右手从头发里抽出来，手指上的肥皂沫子溅到振保手背上，"那一块皮肤上便有一种紧缩的感觉，像有张嘴轻轻吸着它似的"。文学作品中描写性的文字并不少见，有直接明了的，有玄乎其乎的。张爱玲文字明显技高 N 筹，以上片段仅其中一斑。细腻，含蓄，一种酥到骨子里的风情。

湿发，浴室，衬裙，大衣，烟味，夜里的电话，涂抹的面包，单幢的楼房……一寸一寸都是活的，这个"动人身心的身体"与"发育未完全的精神"。佟振保彻底沦陷。

王娇蕊当然不适合做最合理想的现代男人的妻，这一点佟振保早在初见她时就已断定。这个"学会了一样本领，总舍不得放着不用的"女人，除了她的丈夫，身边从来不缺其他男人。他也认定她只是想要搞定他来掩人耳目。"一个任性的有夫之妇是最自由的人，他用不着对她负有任何责任。可是，他不能不对自己负责。"这个看似第三者的客观叙述，实际就是振保内心独白。说穿了吧，对于王娇蕊，只是情感空档期的偶尔嬉戏，他自己的理想人生里，于事业有成就，于兄弟能帮衬，于朋友能提携……尽管如此，他的情感却不听从理性觉醒，昏昏然沉浸在这个有着婴儿般头脑的成熟妇人怀里。

然而，王娇蕊这次却认真了。她写信给出差在外的丈夫，坦陈自己情感出轨，请求离婚。这个天真的女人觉得这段与佟振保的关系，全部障碍就在于她。只要她解决了自己的问题，所有问题都不是问题。当她对佟振保说自己已经写信向丈夫坦白这种关系时，"振保在喉咙里'嘎'地叫了一声，立即往外跑，跑到街上，回头看那巍峨的公寓，灰赭色流线型的大屋，像大得不可相像的火车，正冲着他轰隆轰隆开过来，遮得日月无光"。佟振保吓坏了，本能地向外跑，跑出这间公寓，逃离事故现场。他在逃什么啊？是"朋友妻不可欺"的道德古训，是娇蕊热情奔放几近随便的性情，还是他自己昭然若揭并被公之于众的情感欲望，

以及轰然倒塌的理想人生规划图？"大屋"、大的"火车"、
"轰隆轰隆"，一连串意象叠加，折射这个男人潜意识里
不能承载的巨大惶恐与无比懦弱的内心世界。

其实，此处的逃离，早已在小说前面埋好伏笔。在白
玫瑰和红玫瑰之前，小说开头插叙了他在留洋期间遇见的
两个女人。一个巴黎妓女，一个英国初恋，看似漫不经心，
与后文并无过多关联，实则有着一脉相承的延续。

巴黎妓女，一个丰硕健壮的金发女郎。作为留洋学生
的佟振保，对这个世界所有未知充满好奇与探寻的渴望。
只是，年纪轻轻毫无经验的他，还的确遭遇一场探寻的
尴尬——对这个花了钱还不漂亮的女人，他还做不了她
的"主人"。

这难以启齿的第一次，是他极力想要遗忘的经历。闲
散数笔，淡淡撕开男主人公努力做一个"最合理想的现代
男人"的本能欲望。初次不成功，是不是本能上的"要"
与现实中"逃"的 1.0 版？

振保的初恋是英国混血儿，名叫玫瑰——因此他将后
面认识的两个女人都比作玫瑰。玫瑰是个怎样的姑娘，在
此不必细数，只按照王娇蕊的少女版去推演，基本差不离。
他回国的那个晚上，"玫瑰的身子从衣服里蹦出来，蹦到
他身上"。这一次，他做了他自己的主人。过后他也很惊
讶自己的自制力。玫瑰的热烈奔放是他想要的，可是想想
这样女人在外国普通，带回国内就"行不通"了。振保为
自己寻找爱人，更讲求匹配社会道德标准的贤妻。

这次经历又是另一种意义上的"逃"与"要"。他成功逃离玫瑰的热恋，表面有一种言之凿凿的理由，实地里是内心深处喷薄的情欲？被情欲控制的人生如何演绎最合理想的现代男人范式？柳下惠的操守——"朋友中没有一个不知道"——这让振保深觉自豪。此刻他并不自知,此后,他一直在寻找"玫瑰"。

回到上海，遇见了王娇蕊，这个一度让他以为这是"玫瑰"借尸还魂的女人——人们总能遇见他想要遇见的。

再一次逃离了王娇蕊，依然有着冠冕堂皇的理由——"社会绝不肯原谅我的，王士洪到底是我的朋友"。很快，他结婚、生女、升迁……他的生活向着他所规划的"对"的世界去。听说娇蕊也离婚了，再婚了，听着就像另一个世界的事，那么遥远。

精心打造的"对"的世界，佟振保过得好吗？那个总像隔着一层白的膜的太太，天天在浴室墙上贴毛巾——沉迷在封闭空间里黏糊糊、湿哒哒的简单劳作里，该有多少不可言说的郁闷与压抑。于是，他就在雨天房子里撞上她与裁缝局促暧昧的一幕……

多年后，电车上，他遇到了娇蕊。娇蕊老了，胖了，成了"朱太太"，带着孩子去看牙科医生。她过得挺好，长成另一种款式的贤妻良母。

…………

娇蕊道："你呢？你好么？"振保想把他的完满幸福的生活归纳在两句简单的话里……抬起头……他看见他的

眼泪滔滔流下来。

什么是你要逃离的？什么是你想要的？佟振保在电车的后视镜里，模糊感觉到命运的摇晃不定与捉摸不透。此刻的他一定是后悔了。可是，当初若是娶了王娇蕊呢？谁是谁的朱砂痣，谁又是谁的蚊子血。白月光与饭黏子之间，也只差了几度琐碎的流年。

为自己过的人生很"真"，给别人看的世界要"对"。第二天起床，佟振保又成了好人。

谁杀了田小娥

——陈忠实《白鹿原》人物赏析之一

如果小说有性别，《白鹿原》是一部男性的小说。

五十万字，半个多世纪，三十多人物。时局动荡、家族争斗、命运起伏……处处散发着浓重的雄性气息。

关中平原上那个名为白鹿村的地方，是一个男人的世界。虽然小说中所有成年男人背后都有一个女人，有的还不止一个女人。尽管如此，女人在这部小说中只是隐约的存在。就像一间漆黑的屋子里，炕上盘腿坐着抽烟喝酒侃大山的爷们儿，地上走着一个低眉顺眼含胸的女人，一双小脚悄无声息地挪移。似乎总在中心之外，又能恰到好处地添上白酒，端来小菜。她们是一个个"朱白氏""白赵氏"，没有名字，看不清楚面目。

不过，也有例外的。白嘉轩的第七个女人——仙草。这个名叫仙草的女人，为他生下三个儿子，一个女儿，为一连死了六房女人、日渐败落的白家带来了人丁兴旺。除此之外，这个名叫仙草的山里女人，还带来了罂粟的种子，让平原上的白嘉轩找到发家致富的门道，从此丁财两旺，家道中兴。"白嘉轩闲时研究过白鹿村同辈和晚辈的所有家庭，结论是所有男人成不成景戏的关键在女人。有精明强干的男人遇着个不会理财持家的女人，一辈子都过着烂光景；有仁义道德的男人偏配着个粘浆子女人，一辈子在人前头都撑不起筒子。"白嘉轩对女人的认识，充满了哲学般的智慧。说是源于对村上家庭的研究，不如来自自身经验吧。但他更相信自己的丁财两旺，是因为祖坟埋进了风水宝地。

有名字的女人，还是面目模糊的存在。作者从未慎重描写过这个被唤为"仙草"的女人长啥样，柔弱、安静、坚韧、忍耐却是不自觉地冒出来。就像路边一株小草，给一点阳光，便没日没夜没遮没拦地犹自生长，不计冷暖，不挑土壤。一个植物的名字，一种植物性的存在。

小说中还有一个女人，她有名字，她还漂亮，她就是田小娥。

这个有名字的女人，是举人三姨太。举人虽练武出身，却年逾花甲，体格虚弱，再无行夫妻之实的能力。麦客黑娃，身强力壮，勤劳耿直，正是符合了花样年华的田小娥对于男人的所有想象。一来二往，两情相悦，情不自禁。私情败露，一顿羞辱毒打，仍至死不悔。被驱逐休妻，她裹一身素衣跟着黑娃坐着马车滴滴答答走进白鹿村。本以为就此可以过上一个女人的正常日子，但族长白嘉轩却以来路不清不符宗法乡规拒其进入祠堂。他们再次被逐，无奈在村外一座常年失修的废弃黑窑落脚。黑窑虽破落，终还可遮风挡雨，两人终还可厮守。

怎奈时局动荡，风云变幻，首当其冲的黑娃与鹿兆鹏闻风而逃。这个被抛在黑窑洞里的女人提一篮子鸡蛋求乡约鹿子霖帮忙打听黑娃下落，引来鹿子霖对她垂涎三尺，强行霸占。一番权衡，依附鹿子霖，总还能一抵窑内清锅冷灶、窑外鬼哭狼嚎。族长白嘉轩推长子白孝文在众族人面前惩罚田小娥不守妇道，一来狠狠地打鹿子霖的脸，二来又为长子继承族长之位铺垫序曲，树立威望。

当众受辱遍体鳞伤的田小娥在鹿子霖的教唆下，勾引白孝文，以撕去白嘉轩这一道貌岸然的族长脸面。这一次，看似田小娥用自己的身体争取了最后一点的尊严，但她也成为白鹿两家争斗中，投向对方的匕首与受箭的靶子。常年在家法族权重压之下的白孝文，在田小娥温情之下获得释放，成为真正男人，也成为违背祠堂宗法的败家子。在一个黑雨夜，忠厚老实的鹿三——田小娥的公公，将一把匕首插进她的后背。黑窑坍塌，淹没了这个死在炕上的女人……

对于一部五十万字的长篇小说而言，这个悲剧女人只是一个只言片语的存在。王全安版影片《白鹿原》，则以大量篇幅安排田小娥为主线，推进情节发展，有人戏称之为《田小娥偷情记》。言外之意，田小娥是《水浒传》中潘金莲一样的女人。美丽的容颜是祸水，不竭的欲望是祸害，与一个一个男人发生关系，带领一个一个男人走向堕落。

然而，她真的命该至死吗？

田小娥出生在一个落第秀才之家，虽谈不上名门闺秀，却也曾浸润书香。她长得漂亮妩媚，有着村子里女人难得的进退有度。所以，刚一走进白鹿村就引得村人侧目，连白嘉轩初一见面也直觉"这不是黑娃能治得了的女人。"

这样一个人女人，就该终身枯死在一个畸形的婚姻里吗？看上黑娃，这是一个女人对一份寻常爱情的正常渴求与表达。黑娃逃亡，寻求族内长辈又兼乡约身份的鹿子霖帮忙探寻黑娃音讯，这是一个被抛弃、被孤立的女人竭尽全力所能想到的唯一稻草，没想到引来的是一场屈辱的霸占。她能反抗吗？生存的艰难，对安全的渴求，权衡再三之后是屈从——一个柔弱女子要活下去的唯一选择！用身体勾引白孝文,放在道德的灵台上,是该被唾骂的放荡女人。然对于一个长久被欺凌的女子而言，身体已是她获得一点尊严的唯一武器了。

对爱情的追求，为安全的渴求，为那一点可怜的尊严维护，在白鹿村的宗法祠堂面前，全部成为这个女人伤风败俗的罪证，该获千刀万剐的下场！那个举起匕首刺向她后背的公公，充满了正义凛然的悲愤与仇恨。

那些曾信誓旦旦与她休戚与共的男人们呢？

逃亡的黑娃进山做了土匪，从土匪二把手，到保安团营长、县城副县长；落个卖房卖地一无所有的白孝文，从县城保安团干起，到县城营长、县长。这两个因与田小娥的关系一度被逐出祠堂的不孝之子都功成名就，娶妻生子，衣锦还乡。白嘉轩重开祠堂大门，以最高规格恭迎两个不孝之子，让他们重新跪倒在列祖列宗面前，真正应了那一句"浪子回头金不换"的古话。

　　带着贤淑娇妻重回白鹿原的黑娃，是否还记得那个与他私订终身，为他抛却荣华、甘守黑窑的女子？"有些人怀着浓厚的兴趣等待，看黑娃去不去村子东头慢道上和小娥住过的那孔窑洞。他们终究得到一个不尽满足的结局，黑娃没有去。但有人仍然悄悄议论，黑娃在村子东头拜访乡亲时，肯定能瞅见崖头上那座镇压着小娥的六棱塔。"黑娃或者是看见了，或者是没有看见，但看见了还是没有看见，那又如何？高高耸立的六棱塔，是一种耻辱的昭示，还是倔强的提醒？

　　富贵不还乡，犹如锦衣夜行。白孝文的回乡之路，充满了一雪前耻的色彩，当初被卖掉的田、被拆掉的房，再次一一购置重建。只是，那个给了他温存，赋予深情的女人呢？"他默默地走了一阵又回过头去，眺见村庄东头崖坡上竖着一柱高塔，耳边便有蛾子扇动翅膀的声音，那个窑洞里的记忆跟拆房卖地的记忆一样已经沉寂，也有一点公鸡面对蛋壳一样的感觉。"公鸡对于蛋壳，可能还有记忆，却从来不想回去。被抛弃，才是蛋壳的唯一命运。

　　还有那个霸占了她又陷害了她的鹿子霖，依然在村子里买地造房、拈花惹草，遍地私生子，做着道貌岸然的乡约直到战争结束。总是将背挺得很直很直的白嘉轩，站在村口拄着拐杖，扮演着县长父亲的一脸谦虚。用冷先生的话来说："我在镇子上几十年，没听谁说你老弟一句闲话。"那个举起匕首插进田小娥后背的公公鹿三，白嘉轩称之为"白鹿原上最好的长工"。

只是，那个被深压塔底、永世不得翻身的女人，究竟死在谁的手里？是鹿三亲手举起的匕首，还是白嘉轩挺起的强大宗法，或是几个始乱终弃的男人？都是，或者，还不仅仅是。

或者，这个女人，从来就应该如小说的其他女人一样，不该有自己的名字，不该有自己的美丽，最最不该的，是有自己的觉醒。"我到地里，是为了看你"这样的觉醒，这种直接泼辣的觉醒，就是悲剧的源头吧。就像村子里其他女人一样，就像"朱白氏""白赵氏"们一样的存在与消亡，也就无所谓悲剧，无所谓痛苦了。

这个人性欲望有觉醒的女人，从骨子里，仍然是一个传统的女人。宗法是约束，宗法也是依靠。她要在这个依靠中获得一种首肯，获得一种保障。然而，祠堂拒绝了她，祠堂羞辱了她，祠堂撕碎了她。

祠堂是一个物质的存在。大概，更为庞大的，还有那个由祠堂作为面目出现的背后更为强大的宗法制度交织的庞大的网。

想起文章开头，"白嘉轩后来引以为豪壮的是一生里娶过七房女人"。简洁明了，又充满悬疑神秘色彩。然而，将娶过七房女人"引以为豪壮"的社会，从根本上就掩盖了女人的身影与声音。这种白鹿原上根本性的生态环境，注定了一个有名字的女人的悲剧命运！

小娥，小小一只飞蛾。

飞蛾扑火，终归一灭。

不要打开我的黑匣子

——观影保罗·格诺维瑟的《完美陌生人》

有月亮的晚上，餐桌前，三对半夫妻的小聚会。

闲聊，打趣，秀一点儿小恩爱。

聊到这样一件事：他们共同认识的一对夫妻，因妻子看到丈夫手机短信，发现他出轨而致家庭破裂。女主人艾娃说，所有人都把手机放在桌上，无论是短信、社交消息、电话，来什么就要分享什么。

一阵愕然，彼此面面相觑。

你不敢，是不是有什么亏心事？

不太情愿，不好表露，游戏开始：一个个电话、一条条微信，陆续进来。

心理医生艾玛的丈夫罗科，瞒着妻子看了六个月的心理医生；作为整形外科医生妻子的艾玛，瞒着丈夫探寻外科医生要做隆胸手术。另一对夫妻，丈夫莱勒每晚与另一个女人发暧昧图片，妻子卡洛塔则与有家室的男人玩一个不穿内裤的色情游戏。第三对科西莫和比安卡是新婚夫妻，看起来还如胶似漆，正准备怀孕迎接新生命；丈夫却接到另一个女人惊慌失措的电话，告诉他自己已经怀孕了；珠宝首饰店员打电话来问他戒指和耳环是否合适，而这对耳环，正缀在女主人艾娃的耳垂上。

聚会中唯一单身男人佩普，众人期待他带着新交的女友卢西拉出席，胖胖的他却单独赴宴，声称女友发烧身体不适。而女友追来的电话中，却响起另一个男人的痛骂声。原来，这位一直未婚、新近失业的老友，新交的女友是个男人！

不安，犹豫，尴尬；解释，掩盖，说谎；挣扎，冲突，崩溃……

随着小小方块手机一次次唱响，敞开，一个个深潜海底的秘密被赤裸裸地扯出了水面，狗血剧情一波推着一波，层层上演，生生将一顿老友相聚的温馨晚餐，撕裂成一次人性黑洞的大爆炸。一下下的来电提示，越来越成为令人胆战心惊的午夜凶铃。刚刚还谈笑风生的餐桌上，这一群多年老友，越来越震惊地审视着那张张熟识的陌生面孔。

原来，看上去的家庭美满、夫妻恩爱真是一袭华美的旗袍，里面爬满了虱子？

手机本无意，不经心中却记录了人性最深处的秘密，成为一只永远无法破解的黑匣子。影片一开头，就是女主人公艾玛一张焦虑郁闷的脸，翻看女儿的包，嘲讽女儿的社交，对抗女儿的成长。而她平时工作是用专业学养与耐心去拯救需要帮助的年轻人。作为心理咨询师，她真是不懂得成长中的女儿有着青春期的渴望与需求吗？但她就是用简单粗暴的对抗，将母女关系推向疏远的境地。从事整形外科医生的丈夫却做到了包容、理解与镇定，成为母女紧张关系的缓冲带。

最应该悦纳自己，最经常劝诫病人悦纳自己的心理医生，却要背着丈夫做隆胸手术。胸部作为女性重要的性别特征，是不是在她的内心深处，对于自己作为一名女性，站在丈夫与情人面前，从来就缺乏一种自信与骄傲？最懂得探索他人心理秘密的技巧，为什么要提出这个游戏呢？

影片的开头到结尾，这位心理咨询师，一张轮廓分明的脸上从来不曾有一丝的放松与愉悦。在解决病人心理问题之后，她最终也无法让自己走出心灵的困局。

妻子是心理咨询师，丈夫却是背着她偷偷进行心理咨询活动，已经有六个月。丈夫为什么做心理咨询？是夫妻交流上的困局，还是面对妻子不忠、友人不义的一种挣扎与自救？朋友走出家门时与他转身对视，对妻子摆在床头的那对耳环的随口询问，是不是一种意味深长的伏笔？"我们所有人的关系都是脆弱的。手机就是一个黑匣子。我们原本不该玩这个游戏。"这三对半夫妻中最坦然的罗科，深谙游戏后果，又阻止了这场游戏。

屋内，游戏层层推进、狗血上演。窗外，一轮明月悄悄隐没。随剧情深入，黑暗一点点吞噬着饱满的月亮，直到全部隐没，然后重新出现。挂在天上的月亮，就是你我展现的生活，温暖，圆润，柔和又安静。看不见的人性，就如被黑暗吞噬的月亮，深不可测的黑洞！最亲的爱人，最熟的老友，为什么要打开那个黑匣子呢？如果真相不能让你我生活得更舒适。

当然，故事结局告诉我们这个游戏最终也没有进行。七位老友，三对半夫妻，杯觥交错，谈笑风生，度过了一个愉快的晚上。走出家门，月食结束，月亮升起。夫妻牵手，老友道别，多么美好的夜晚！

临睡之前，艾玛摘下对耳环，放在床头。回家路上，科西莫一边与妻子笑谈，一边编写短信回复情人……

看完这部电影，你会约上最亲密的爱人或是朋友，玩一场这样的游戏吗？

在路上……

——观影张扬的《冈仁波齐》

　　《冈仁波齐》，剧情片，更像纪录片。导演张扬说，我称之为真实电影。

　　前日在影城搜了搜，发现一天只一场，还是在冷清的下午时段，预计不久也将彻底下线。上座率决定了它的排片次数，很现实。

　　观影，总归是有期待的，特别是西藏题材的影片，猎奇难免。西藏，对于大部分人而言，是一片神秘的土地，生活着神秘的民族，固守着神秘的生活方式。

　　影片却并不是这样。情节很简单，细节也无猎奇。影片中大多使用长镜头，仿佛借助一位邻家大叔的眼睛，徐徐展开一段寻常小村落、寻常藏民的寻常生活：起床，用餐，出门，招呼，劳作……客观，平实，也自然。即便在某日某地想起朝圣之旅，也只是家人间的寻常聊天，说个想法，就做个决定。于是，邻里乡亲，三三两两，陆陆续续，登门拜访，或是沿途遇上，说起朝圣，心有向往，这个队伍也就越来越庞大了。朝圣是这片土地上与生俱来的渴望。

朝圣队伍以年近五十的尼玛扎堆为首，开着一辆嗒嗒响的拖拉机，载着一群人一路的行囊，棉被、布鞋、帐篷，还有零零碎碎的锅碗瓢盆出发了。出发，送行的人与朝圣的人跟着拖拉机后面，上了318国道。站定，一阵噼噼啪啪响声，一群人不约而同地，合十，在头顶，在额前，在胸前，然后匍匐身体，五体投地，开始朝圣之旅。没有特写，没有音效，没有刻意的色彩渲染，也没有精心的画面构图。

队伍十一人，九岁女孩、即将临盆的孕妇、垂暮之年的老者，还有从未走出村子的小伙子……从芒康出发，经过拉萨，朝拜布达拉宫，直到神山冈仁波齐。历时一年，行程两千里。

没有曲折的故事情节，没有精彩的人物对白，只有一路的磕长头，从家门口，一直向东，向东，从初春到盛夏，从雪山高地到蛮荒原野，向着拉萨的方向，向着神山的方向。日出而叩，日落而息，搭帐篷，煮食物，诵经咒；逢山转山，遇水涉水，磨破了布鞋，拍薄了手板。自然，寻常，不猎奇。

这样一部影片，注定小众，小众必然孤独。

于藏民而言，一段朝圣之路，是他们生命中的一段选择，一段有意义的必然选择。

十一位朝圣者，带着各自的故事与希望，走上朝圣之路。尼玛扎推，这次朝圣活动的发起者，带着年迈的叔叔上路，只为刚刚过世的父亲一生渴望走一趟朝圣之路而未曾如愿。于他而言，朝圣是为成全父辈夙愿，也为了却心中不安。仁青晋美，这个家庭贫困、生活艰辛的中年汉子，因自家造房意外造成两人死亡，从此背负了沉重的心灵与经济债务。朝圣，为逝者求安宁，也为自身祈吉祥。而以宰牛为生的残疾人江措旺堆，每一次杀生之后都要用酒精来麻痹自己，以缓解心灵的战栗与不安。朝圣之路，也是赎罪之旅⋯⋯

在路上，用身体的虔诚，抚慰心灵的缺角，寻求现世安稳。

那片神秘土地孕育的神秘民族，原始、自然、淳朴，还有慢。就像他们愿意以一步一叩首的方式，经过两千多里，历时一年多时间，来朝拜心中的神山。与之相对应的，是沿途一辆辆傲慢的大卡车、小轿车，带着几乎彪悍的姿态，不间断地，从那些匍匐的身体边闪过。拉远的镜头前，那些现代而凶猛的工具，瞬间淹没了一个一个具体生动的身体，给人一种撕心裂肺的痛感与不安。一边是身躯的柔软，一边是钢铁的坚硬；一边是纤细的渺小，一边是粗壮的庞大；一边是无尽的慢，一边是不断要超越的快⋯⋯向着同一个方向，可能为同一目的地。你的冈仁波齐，我的冈仁波齐。他们在沿途中常常擦肩而过，你有你的不以为然，我有我的执着坦然。两种鲜明的生活方式，是现代文明与古朴自然，是钢筋水泥的丛林与天圆地方的荒凉。谁是谁的风景，谁又是谁的向往？

出发的起点不一样，出发的理由不一样，甚至出发的样子都不一样。每一个来自偶然的生命，都在不期然中被扔到了路上。

在路上，有生命出生的喜悦，有陨落的寂然；有天真烂漫的豆蔻年华，也有年少朦胧的爱情萌芽；有正当壮年的重压，还有重压之下的顺其自然以及逆来顺受……男，女，老，小，不同角色，不同样态，不同的故事，不同的希望。

在路上，四季在轮回，风景在转换。你有你的悲欢，我有我的凄然。出发，行走，叩拜；单调，重复，无意义。情节没有高潮，结局已然确定。

生命本是一段无所谓意义的旅程，我们仍然需要出发，行走，叩拜。

听说，远方有一座冈仁波齐！

人人无辜　人人有罪

——观影日本石井裕也的《乱反射》

　　很多现实主义题材影片，不一定与具体的某人切身相连，却往往引观众感同身受。同在一片天空下，当下的旁观者，谁能料定不是某年某日的当事人。比如近期热议的几部影片：直面普通人疾病困境的《我不是药神》，挣扎在底层不能自主命运的《无名之辈》……

　　现实主义题材电影，最难拿捏的就是对现实反映的程度，轻重缓急间牵涉千丝万缕的社会神经系统。小心翼翼避开雷点、踩中痛点，精准程度实在堪比高空走钢丝。印度电影在这方面可是修炼到家了，从《三傻大闹宝莱坞》到最近的《嗝嗝老师》。现实题材，印度歌舞，一波三折，圆满结局。都是套路，都能大卖。

　　不过，诸多现实可能都不如日本石井裕也的《乱反射》来得赤裸裸。

　　改编自雷米系列小说的影片《心理罪之城市之光》中有这样一个细节：喝得醉醺醺的司机深夜晚归，迷迷糊糊中将车子停在小区路道中央。夜深，小区内的一户人家屋内着火，消防车急速赶到，却被这辆违停汽车挡在火灾现场之外。警笛哀鸣，火焰肆虐，沙发上的醉鬼呼呼大睡……

触目惊心！一次醉酒，居然导致可能老死不相往来的邻人丧命。

可比起《乱反射》，那实在只是沧海一粟、大漠孤沙。

简单介绍一下情节：在一个大风天，妈妈推着两岁男孩翔太的婴儿车，走在回家路上。路边一棵大树在狂风中轰然倒地，不幸砸在婴儿车上，车内溢出大片黏稠暗红的血。男孩重伤，两小时后被送到医院，不治身亡。

偶然事故，狂风与大树的合谋，名为天灾。无人为这件事负责，男孩死于意外。可真是这样吗？男孩父亲加山，一家报社的民生记者，开始了一场"谁是凶手"的追查行动。

仅一个半小时的片长，故事情节三言两语就可说尽。叙述框架也简单，以事故开篇，再回溯事故前一周，重回事故现场，延伸追查过程。不要误会，追查过程毫无侦探题材的奇与险，只是一堆细节的询问。都是普通人，稍加追问，原形毕露。

这棵树当然是最直接的杀手。

树为什么会倒？树根腐烂了。

树根为什么会腐烂？树下常年堆满狗屎。

哪来的狗屎？遛狗主人每天带着宠物狗在此拉屎。

狗屎没有人管吗？当然有。狗主人的做法早就被市民举报到了市政府。

树根腐烂没有人管理吗？当然有，市政园林管理处每五年都要进行树木检修，今年刚好是第五年，他们已经委托专业公司开展检修。

这是一个怎样的社会？我在日本旅行时，常要对这个国家在细节管理上的精致细腻叹为观止——一座城市的规划，甚至不放过一个垃圾桶摆放的位置。然而，即便是如此严谨自律的国度，也拍出了如此尖酸刻薄的影片。

事故只是一个引子。围绕着这个名为"天灾"的事故背后，是多少人有意无意叠加了这座雪山最后的崩塌？加山的追问就是一面照妖镜，公务员、医生、公司员工……各色人等悉数登场。

市政管理处的负责人气急败坏：我努力读书考上公务员难道就是为了去路边捡狗屎的吗？总是没完没了地投诉，投诉，投诉！

树根部一堆狗屎对于一个重度洁癖症患者来讲怎么能够承受？而且还有一批来势汹汹的游行大妈正义凛然地阻挠谩骂。检修公司的员工委屈地诉说。

我只是个内科医生，只是个打工者，急诊病人已经那么多，要是病人死在这里，我会吃官司的。离事故现场最近的医院急诊医生如此申辩。

推诿，躲避，争辩……

他们都有千万理由，他们都是普通个体，都觉得很委屈。这样的场景，谁在生活中没有经历过，谁又何尝不曾经这样想过，甚至做过呢？

我每天被投诉包围，我不想失去工作，我不想吃上官司……都是生命个体在现实生活经验下妥协的生存之道。顾不了那么多的卑微，总该先顾上自己吧。只是，一个放大了的"我"，无意却在无形中把他人推向了地狱。哪个"我"又不是谁的"他人"？

曾在妻子面前信誓旦旦许下承诺，一定要查个水落石出的加山，越往深处追究，越发虚无绝望。就像一个攥紧的拳头，愤怒地打出去，全都落在了空气里。多少天灾，实多为人祸？法律层面对真相的追查，停留在看得见的表象。加山无意撕开它的样子，真的很难看。

追查是一条看得见的线索，还有一堆连不成一条线的零碎细节散落在影片的角角落落。一扫而过，过目难忘，触目惊心，请你对号入座。

事故现场，将手机高高举过头顶寻找拍摄视角的男子，是要在朋友圈里发条爆款求赞吗？身边穿着时尚的女友，一脸藏也藏不住的惊喜，是为见证了一场稀奇意外而将在朋友间拥有兴奋的谈资吗？

那一群穿红戴绿、不问青红皂白的大妈们，游行示威是正义的表达，还是一潭死水的家庭生活的调剂？一脸漠然霸占深夜急诊号的感冒的大学生们，你节省的时间用来沉迷于学习还是无尽的网游？抱着宠物狗亲昵的狗主人，此刻正挺着肚子瘫坐在沙发上，有一搭没一搭地收看电视新闻中的意外事件，呵呵评论道：日本要完蛋了。一副高瞻远瞩看透一切还能事不关己的样子……

　　一阵闹嚷嚷，事故过去，归于平静。太阳升起，路上牵着宠物狗的老头经过，停在一棵大树下，留下一堆狗屎。老头牵着宠物狗屁颠屁颠地走远。身后那棵倒下的大树，树根部摆着一堆枯萎的鲜花——世界隐约记得那个两岁的男孩，他还来不及发出最后一声啼哭。

　　很快，这些痕迹也将无影无踪，世界恢复到原来的样子，譬如路边这棵树，还有树下经过的许多人。

　　我们是谁，是落一堆狗屎在树根下的狗主人，是围观事故现场的看客，是贪图方便深夜挂急诊的感冒患者，还是坐在沙发上纵论日本完蛋的"静好婊"……

　　谁知道下一棵倒下的大树会砸向谁？加害与受害，谁也逃不掉的。

　　什么是现实？在一个精致高效的网络里，每一个细致入微的社会问题都将会寻到合适的方式被妥帖管理。然而，人性本身潜伏在深处的某些劣根却让高明的技术也无能为力。

　　人人无辜，人人有罪。

一个中年男人的困境与挣扎

——观影克里斯蒂安·蒙吉的《毕业会考》

多年前看过《四月三周两天》，画家陈丹青曾评价：太好看了。同为罗马尼亚导演蒙吉的作品，初看此片名，乍然一惊："毕业会考"，中外通用？

小城医生罗密欧的女儿伊莱扎，已获得英国某校心理学专业入学奖学金，只要在毕业会考中拿到平均9分的成绩，就可顺利成行。伊莱扎在学业上一直就是"别人家的孩子"，从小到大一路学霸。这次会考，按她父亲的说法，就是"走一个形式"。背景叙述只是开了个头，不禁恍惚：不但"毕业会考"通用，就连业内行话都差不离。

然就在这"走形式"的节骨眼儿上出了差池——会考前一天，伊莱扎在上学路上遭受袭击。虽强奸未遂，仅手臂受点伤，然四处探头探脑的眼神还是令人顿觉压力。惊魂未定的伊莱扎走进考场，第一天罗马尼亚语试下来，估来算去，满打满算也只八分。往后几天，门门十分——怎么可能？

母语成绩拿不到高分，英语却学得很顺溜。在女儿满十八岁时，送她去英国读书，这是父亲罗密欧由来已久的规划。英语自然有着比母语更高的位置——从小一直有私教教授，她爸在课外辅导上是下血本了。争气的伊莱扎，不仅没有"输在起跑线上"，还时时赢在关键点上。十八年的准备，唯缺这最后一考。

好吧，接下来的故事就顺着令人熟悉又尴尬的方向一路奔去了。罗密欧通过警局朋友，联系市内高官，动用作为医生的资源，直达考试主考官，只要女儿配合在试卷上做一个记号——第一页上划去三个单词。绕上几个圈，总能"找到人"的，人情社会的种种套路稳妥上演。

这是一部盲选电影，虽然演员都是高鼻梁、黄头发，但确定不会是来自西欧、北美的。苏联、捷克、伊朗……待影片叙述徐徐展开，一些熟络气息连接着不多的经验积淀——罗马尼亚，那个辨识度并不太高的国度，远在千万里之外，温柔而坚硬地凸显出来。

就如《四月三周两天》一样，影片从头到尾，没有一丝音乐渲染，没有一点儿抒情痕迹，俨然删除全部形容词。固执的长镜头，冷静克制的旁观，整体的压抑感贯穿始终。这种压抑感来自粗糙颗粒感浓重的原生态配音，灰黑色系构筑的画面，以及画面里来来回回的每个人。夫妻、父女、故友、情人……语言完成必要的交流，动作传递省略到极致的需要。那些本该自然漾动在空气里、眉宇间的欢悦或体贴，淹没在不见底的深渊。不是刻意，全是惯性，人与人之间的疏离与漠然笼罩着一个令人不安的世界。

一连串顺畅的操作，百密总有一疏。既是不幸也很幸运的是，当检察官再次找上门来时，那个关键一环中的长官因心脏病突发暴毙。穿着白大褂的罗密欧，从容穿过医院长长的走廊，战战兢兢，轻舒一口气，一如既往地过着体面的日子。

我是在罗马尼亚的影片里看见了一个故事吗？尽管身居高位，身患重病推进手术室之前，还是颤巍巍地给主刀医生递出沉甸甸的信封袋。这让心有坚持的罗密欧深觉为难，拒绝吧？这个掌管权势、一度风云的胖老头躺在病床上呜呜地哭起来：我是没救了吗？你不拿去我心不安啊。

心有坚持又如何，他可能在自己的权责范围内拒绝高官红包，却在女儿的毕业会考处卡在了道德的尴尬点上。为什么要送女儿去英国？罗密欧这个决定几乎是一意孤行的。这个让妻子与母亲都不支持的决定，却是他长久以来最大的梦想。影片没有交代人到中年的罗密欧经历了什么。只是他紧锁的眉头，在妻子、同事面前多次提到学成回国，至今看来都是个错误的决定。隐隐约约的对话中，勾勒着年轻时代的罗密欧：学业有成，携妻归国，雄姿英发。

但低矮灰旧楼房中走出来的中年罗医生，大腹便便，木然疲倦，终在现实面前变成连自己都觉油腻的模样。曾经想要改变什么，至今什么都没有改变，更加不能改变些什么。在再也改变不了什么的现实面前，唯有竭尽全力送自己女儿离开这里。这里的一切，是女儿应付不过来的。"那些我们不得不去做的事情，我不能让她也去做。"这是理想破灭后的弥补与向往，是对一个时代失望之后仅有的挣扎与抵抗。

什么是他不得不去做而不愿让女儿去做呢？是身为医生必须接过沉甸甸信封的尴尬，是深厌权钱交易却不能逃离其中？站在巨大的现实面前，他唯有不断地重复"只有结果才是最重要的"。这是在不断劝说女儿，也是在给自己的行为寻找更加强大的力量支撑。

英国，也可以不是英国。他想要给女儿一个明朗朗的世界，却在通往那个世界之前，首先必须"不择手段"，用"不规则"的方式通往"规则"世界。拼尽全力要将女儿推离眼下的唯一方法，正是他千方百计要逃离的本身。这种充满悖论与极度分裂的逻辑，让这一切看起来还算顺畅的"不规则"流程，一如他坐在公园长凳上的无助与茫然。黑夜深处的无处遁逃，他在寻找凶手，他亦四面受敌。

如果说毕业会考有着非如此不可的现实迫切，那么影片中另一条若有若无的次线索则不知缘何而起。影片以一位负责深情的父亲形象送女儿去学校开篇，转而掉头通往情人的床，偷得片刻欢悦。名为"家"的屋里，坐着寂寞的妻，头发凌乱，面色枯黄。谁是谁的俘虏，谁又是谁的远方？

如果说为女儿的"毕业会考"，是在公领域里的不得不如此，那么在这儿便是私领域里的不得不如此吗？

北岛一首名为《生活》的诗，内容仅此一字：网。这张无数人主动或被动编织的不规则之网里，他是受伤者，也是参与者；他要逃离其中，又深陷其里。

一个中年男人的困境！我说的是罗马尼亚。

蒙吉一如既往的调调，直面与旁观这个满是凉薄的世界。我在这个不够精彩的故事里，居然毫无违和感地直达远在天边又近在眼前的熟稔。

"转个身，会有好风景。"

好风景云遮雾挡。

是谁将石子砸向他家的窗玻璃？

是谁袭击了他的女儿？

是谁目睹现场而选择走开？

女儿第三天去参加考试了吗？

女儿获得一个会考好成绩了吗？

…………

影片没有答案，生活还得继续。

参加女儿毕业典礼，一群阳光明媚的男孩女孩站在他的镜头前微笑。

婚姻致命伤

——观影萨姆·门德斯的《革命之路》

"革命"一词，中国人很熟悉，但此"革命"非彼"革命"。

故事发生在"革命路"上的一座白房子里一个普通的中产阶级家庭里。

不知是有意还是巧合，凯特·温丝莱特与老搭档莱昂纳多·迪卡普里奥走出泰坦尼克号，再次联袂主演。这不由让人联想这是《泰坦尼克号》的另一结局：露丝和杰克幸福地生活在了一起。若是结局当然是喜剧，那如果是开场呢？生活本身往往经不起追问与细看。

故事背景设置在二十世纪五十年代美国康涅狄格州。一个中产阶级家庭，一栋漂亮的白房子，房子前面有大片绿茵茵的草地，还有两个可爱的孩子。丈夫在华尔街一家大公司上班，收入不错，妻子在家相夫教子。典型的男主外女主内，与身边所有中产阶级的朋友、邻居们一样。夫妻俩良好的教养、俊美的形象，让阅人无数的房东太太都不由得高看一眼：你们看起来跟他们不一样。

如果生活就此开始，就此继续，也将会就此结束吧。

男主弗兰克不再是少年的杰克，身材微微发胖，轮廓分明的脸庞已有影影绰绰的中年风霜。这个曾经轻狂而有趣的少年，穿起灰色西装，戴着绅士帽，夹着公文包，在一群涌动的上班潮中，迈着急匆匆的步子上了站台，下了站台，翘首等火车到站；进车厢，找座位，举起相同的报纸……挤过华尔街头拥挤的车流，在一家大公司十五层楼的格子间里，有一张小桌子，有一个小位子。如果没有意外，也会如他的父亲一样，在一家大公司待上三十年，然后光荣退休，尽管他的名字连老板都叫不上来。父亲的人生之路，在少年的他看来，是多么无趣无聊。三十岁的他，却走上了与父亲极尽相似的路。

就这样，一张生动英气的脸，混成了面目模糊、庸庸碌碌，成为芸芸众生、茫茫人海中一枚小小的螺丝钉。偶尔，也会在新加入的女职员面前装模作样一回：风趣幽默，潇洒能干，见多识广，掌控一切，似又重回少年时光，再现 man 的梦想！

当他在豪华餐厅里，在小女生面前夸夸其谈时，他的妻子——爱普莉，正搭着围裙，卷着袖子，淹没在没完没了的家务里，忙得连额边垂下的几根金发都无暇整理。爱普莉吃力地将大垃圾箱拖出房子，站在马路边，回望这片干净整洁安静的街区，陷入一阵茫然：初见身后这栋白色小房子的欣喜哪里去了？那个言语风趣、游走四方的男人哪里去了？那个醉心表演、心怀梦想的女孩哪里去了……

早晨，她站在厅内窗帘后的阴影里，看着丈夫提着公文包走出绿茵茵的草坪，走在洒满阳光的汽车旁，挥手与她道别。她的内心深处，却充满了想要流泪的冲动：这就是我想要的生活吗?

她有远大的梦想,她有自己的追求,她要自己好不容易来人世一遭的生命遇见不一样的风景,过自己想过的生活,而不是眼前这一望无际到终老的时光。

她要离开,她要改变!

巴黎,我们去巴黎!

辞掉工作,卖掉房子,加上积蓄,我们远走巴黎!

这个在邻居朋友同事们看来简直是不可思议的举动,让原本一潭死水的婚姻暂时有了朝气蓬勃的理由。爱普莉意气风发地筹划着旅行机票、打包行李等出行准备;弗兰克靠在中央车站的栏杆上,看着朝九晚五的匆匆人流,恍惚间似有了超凡脱俗的领悟。

不过,很快,升职、怀孕,让这个近乎异想天开的举动瞬间分崩瓦解。丈夫却步了,他感到公司的重用,他觉得举动的幼稚,他要选择留在老地方。

巴黎,对于丈夫来说是多一个选择,对常年困守家庭的妻子而言,却是一种希望!所谓巴黎,也可以不是巴黎。妻子要的,是对当下生活的深深失望与决然的改变。她要在这决然的改变中,做回真正自己!

可惜,丈夫不懂!"弗兰克知道自己想要什么。他找到了自己的位置。结婚,养两个孩子,就足够了。"这一切,却不是爱普莉想要的。

"你要养家糊口,所以必须工作。你想要住很漂亮的房子,温馨的房子,就得接受一份自己不喜欢的工作。要是有人问你'你为什么要工作啊',这个人肯定是刚从精神病院请假跑出来的,对不?"

"很多人都活在空虚里,但直面绝望真的需要勇气。"

"其实所有人都知道真相,没有人忘记这真相,但他们更擅长撒谎。"

无意间走进他们生活的"疯子"约翰,就像是《皇帝的新装》中那个天真烂漫的孩子。他的横冲直撞没遮没拦让母亲深觉尴尬,却句句实情直指生活本质、人性困局!什么是疯子?疯子就是与这个世界格格不入的人。然而,这个世界与自己到底谁先发疯呢?

伤害婚姻的致命伤是什么?

是一场接一场鸡与鸭的争吵?都说女人来自金星,男人来自火星,表面上他们争论同一件事情,实际上都在各说各话。在女人最需要感性安慰的时候,男人却开始了一二三四的理性分析。男人与女人,本就是两个物种。褪去激情,回到现实,男人与女人的交流,永远是一个在天南,一个海北,在从不相交的两条线上彼此申诉,彼此伤害。

是出轨吗?物种不进化,出轨从来不是什么新闻。一首舞曲之后,一杯红酒使然,都会成为一次出轨的诱因。弗兰克将自己与新来女职员上床的事告诉爱普莉时,她很愤怒:不是因为你出轨,而是你为什么要将出轨这件事情告诉我!

那个早晨,阳光、餐厅、面包、橙汁,男女主人公面对面坐着,一顿美好的早餐,在一场剧烈争吵之后,就像暴风雨过后近乎不真实的湛蓝天空。弗兰克重回生活轨道,爱普莉送去美好的祝福。他们共同享用一次愉快的早餐——一次美好到令人不安的早餐！

"挂在墙上的那杆枪必须要响"，血淋淋的结局已然深埋在这个阳光明媚的清晨。

可能在有些人看来，女主实在是"作"得厉害。丈夫工作上进，孩子健康活泼，房子宽敞舒适，邻居朋友高尚体面，生活还有什么不满意的呢？但是，对有一些人而言，梦想从来就不是无中生有的点缀，她的全部生命力都向着有梦想的方向蓬蓬勃勃地生长。人本身是多么不可思议的存在，为什么要被奴役、牵绊而压抑一生？找回自己，胜于一切的标榜与价值！

然而，在一个工业化急剧发展的年代，越来越多的个体生命正被不断消解与忽略，成为一台大机器上一枚小小的螺丝钉——敬业的螺丝钉，成为生活的全部意义。意识到困局，走出困境，就是一条革命之路。

只是，革命之路上，弗兰克从来不是最好的队友。男主选择妥协，女主更加决绝。革命，注定是一场悲剧。什么是婚姻的致命伤？不是南辕北辙的争吵，不是掩盖真相的金钱，更不是肉体上的出轨。

故事的结尾意味深长。深陷于沙发内的房东太太一脸不屑，絮絮叨叨，抱怨弗兰克一家没有打理好房子。坐在对面的房东先生悄悄关闭了助听器，声音越来越小，直到什么也听不见。

也许，这正是他们能共同生活一辈子的原因吧。

谁是下一个猎物

——观影托马斯·温特博格的《狩猎》

北欧深秋，金色丛林，一群中年男人的狩猎行动。自然、温暖、阳刚，还带有那么一点儿天真的疯狂。

卢卡斯，故事男主人公，一位身材颀长的中年男人，端着猎枪，走在丛林中，大头皮鞋踩得满地落叶窸窣作响。目标，瞄准，射击……一声砰响，不远处，一头散步的麋鹿静寂倒下。

一次完美的狩猎行动。

转眼第二年，卢卡斯带着成年的儿子，走进丛林，开启儿子生命中具有里程碑意义的狩猎行动。深秋，暖阳，落叶，好友，悠然的麋鹿……风景依然，看起来一切都如往常。端起的猎枪，却再也无法按下扳机，射出子弹。

我是猎人，还是猎物？

卢卡斯深陷一阵茫然。

一个简单的故事。刚离婚的卢卡斯，心地善良、个性温暖，在一家幼儿园工作不久就深受孩子们喜欢。好友的女儿，早熟的小女孩卡拉对他尤为亲近。面对小女孩过于亲密的示好，卢卡斯委婉予以拒绝。没想到这一举动引发了小女孩的懊恼与郁闷。女孩一段支离破碎的谎言，在园长、家长、心理医生等一群成人的引导下，演变成一个性侵女童的罪名。工作停止，同事猜忌，好友愤恨，前妻怀疑，女友离开……一夜之间，卢卡斯成为众矢之的，被整个小镇抛弃。

直到警方介入，终因证据不足，无罪释放。

一场误会释然落幕，卢卡斯重回原来的生活。

然而，生活就像被石子击中的厨房窗玻璃，瞬间分崩离析，碎片四溅。少年好友，熟悉路人，街边店员……侧目，排斥，谩骂，乃至殴打。流言与怀疑化作一团浓浓乌云，层层叠叠，布下一张天罗地网，笼罩在卢卡斯周围。当卢卡斯举起猎枪，冲出房门，四处却无一行人踪迹，只有沉沉的黑夜，悄无声息。

晾在明里的猎物，隐在深处的猎人。

举起的猎枪，应该射向哪方？

暴雨如注，浸泡着私家花园。这个男人举着铁锹，掘起一锹锹黄土，堆在碧绿草地上。雨水淋透了他的衬衣、他的裤子、他的棕色长发……他抱起死去的爱犬，贴在胸口，贴在额前，贴在唇边，身体缩成一团，跪倒在一道深坑前……

人言可畏，是真的。

众口铄金，是真的。

跳进黄河也洗不清，也是真的。

绝望，绝望，深深的绝望……

影片故事的表达行云流水。陷入绝境，无处申辩的卢卡斯的命运，成为扣人心弦的原核，一度让人心口堵塞，泪湿眼眶。故事情节没有意外的巧合，人物也没有预设的反派，都是身边的普通人。邻居，朋友，同事，熟悉路人；甚至女友，前妻，年少伙伴，一个人在社会生活中的基本关系网。你或者我，都是这样的角色。

与幼儿园园长模棱两可地谈话后，卢卡斯穿过一群愕然的孩子，走出园门。四周静寂，一片深远的秋，挟裹着一股铺天盖地的荒凉，从卢卡斯背后弥漫开来，一张密不透风的无形之网已然张开。他，成了猎物。

我们可曾以善良为经，正义作纬，编织一张灰暗的网，蒙蔽真相，使人屈打成招？

影片冷静的叙述，叩问每一个普通人。

想起前日读到的一则新闻。中国西北某一偏僻小镇，一个十二岁的留守女孩指证学校老师对她性侵。家长在微博上公开发文，持续展示事件进展，引发舆论哗然。警方介入调查，真相揭开，查无实证。事后，女孩承认一切全是自己编造的谎言。事情终了，疑虑未息，当事教师悄然离职，远走他乡。

一个东方，一个西方；一个身边的现实，一个剧中的故事。风马牛不相及的两端，朝着同一个方向生长。

为什么，了结一段事件，仍无法释然偏见？

是来自经验深处的想当然，是源于对他人推断中的有罪倾向，还是人性底层的那份自私与傲慢？

可能，你的对手是孩子。

孩子是弱者，是天真，是无邪，是不会撒谎的。

可天使也曾不美丽。

孩子的谎言可能无多恶意，就像编织一个谎言，躲过一次作业没有完成的惩罚。这些谎言，可能因为"他是个孩子"而让更多的成人选择了相信；谎言的后果，也因为"他只是一个孩子"而让人失去继续追究的底气。

因为是孩子，人们认定了真相，选择想当然的审判。

即便真相被揭开——来自警方论断，还有孩子诚言。保护弱者更容易站在道德的制高点——人的内心深处都有扮演高尚的愿望。

一年后，好友聚会，卢卡斯抱起卡拉，穿过布满网格的险地——放下芥蒂，生活如常。昔日的友人邻居们，那些热情的招呼、欢喜的微笑、由衷的祝愿，怎么都有着用力过猛的掩藏？我们这群普通的善良人，还深困在浓雾重锁的山头，再明媚的阳光也拨不开缠丝缭绕的心口。

人心中毒，连真相本身，也无法自清。

一声砰响，子弹飞来，身后枝丫猛然爆开，卢卡斯跌倒在地上，陷入恐慌。不远处，树荫浓密，背着阳光，一个轮廓模糊的身形，消失在阴影中……他是谁？卡拉的父亲、卡拉的哥哥、昔日好友、陌生路人……

全剧终。

恢复原样的生活，只是看起来的样子。

来自何处，来自何人的冷枪，随时会射来。

你是猎人，还是猎物？

自然界的狩猎，犹有季节，还循规则。人性的围猎，有形密网，无迹可寻……

谁会是成为下一个猎物？

点击之间

——观影徐纪周的《心理战之城市之光》

走出黑漆漆的影院，商场里灯火辉煌，人来人往，欢天喜地的圣诞树立在大厅正中央。世界真美好，正义终战胜邪恶，英雄终抱美人归。

一家小店内，敞开的落地窗，妈妈端着饭碗，追着六岁的男孩跑："再吃一点儿，你再吃一点儿，做一个乖孩子，今晚的圣诞老人就会给你送礼物了。"男孩手中玩具摆弄不停，反驳道："我们家没有烟囱，屋顶也盖住了，圣诞老人怎么进得来？"

过早觉醒的理性，轻轻松松地击穿了飘在半空中的七彩小泡泡。这样就不好玩了，小屁孩儿。

方木在医院病床上，居然苏醒过来，除了看起来的满脸疲惫与几处擦伤，就像一棵高大的圣诞树，树上挂满闹嚷嚷的小礼物。嘿，活在真实世界里的方木，纵有一百条命，估计也要死上一百次了。

但是，那又如何呢？编剧和导演的合谋，就是让这个故事中的英雄活了下来——我们总是需要在虚拟空间里找到一些继续阳光与灿烂的理由啊。

正义伸张，方木不死，平安夜就喜乐。孩子需要童话，大人也一样。

只是，当很多人津津乐道于影片中脑洞大开的"杀人秀"，九曲十八弯的"犯罪心理战"时，我的心还停留在那些被匆匆扫过的几个瞬间。

开篇那些犹如冰糖葫芦样的一连串杀人案件，取材于微博热搜的一个个事件。曾经一度在我们的生活中被热腾腾地议论着，网络上的空间里，茶余饭后的餐桌上。初听到这种事件，我们会很震惊，搜罗种种信息资讯，真的假的，片段的细节的，然后观点站队。有时善恶有报，皆大欢喜；有时黑白颠倒，愤懑怀疑……直到生活又被新的事件填满。我们在高度发达的媒体资讯中，就像大海上的一叶扁舟，时而涌起，时而沉没，不由自主，无能为力。

一个高中数学老师的被杀。一男生交空白卷，直接将班级平均分拉低多少个百分点，老师在盛怒之下罚他一夜之间完成整本数学习题册。这个高中男生在凌晨四点纵身一跃，跳下十七层高楼。

少年消失，父母崩溃，学校惊慌，舆论哗然，铺天盖地的谴责与谩骂充斥着网络空间……谁为少年的死负责？法律也无能为力。

老师该死！老师该死！

人人都成为法官，用鼠标用键盘，用文字用口水，审判这位教育方法失当的高中数学老师。

还是第一次，坐在观众席上，如此近距离地看着这样一件触目惊心的事件被清晰地罗列，发展，终了。

这样的事件是不是唯一的特例？不是。

偶尔隔段时间总有隐约耳闻。如果不是不得已，大多会在似是而非的遮遮掩掩中匆匆了事。

深感震惊。

简单粗暴的逻辑推理让一个需要直面的社会问题深埋真相，犹如幽灵一般的情节，总还是在挥散不去的雾霾中直接拷贝重复上演。那个在一场巨型游戏的漩涡中失去理智的老师，在盛怒之下的气话，成为压倒高中男生的最后一根稻草，也将自己推向了深渊。

"城市之光"的杀人秀，毕竟非常态、不主流，难免还有创作者的虚构与夸大。但是像这样一位普通老师，怎么不是生活在我们身边的寻常人呢？他们奔波在课堂与课本间，辗转在分数与升学里，业务能力不一定非常强，足以混口饭吃；工作态度还算很认真，性情还是普通人，着急生气愤怒时一样会甩书、撕卷、还骂人……

生命以惨烈的方式结束在变态者的刀刃之下，留在世间最后的面孔是极尽狰狞的恐惧。身后那一块巨大的黑板上留下密密麻麻的数学验算习题，是无尽的嘲讽，还是无尽的冰凉。

"是哪位大神干的啊？真是善恶有报啊！"失去儿子的父亲在电视机屏幕前发出凄厉而狂喜的叫喊。

即便没有一场代表着"城市之光"的杀人秀，这位缩在墙角的高中老师，此后人生也已寸步难行。除却背负沉重的心理重担，还有随时随地、无处不在、无可躲藏的明枪与暗箭。他被钉在罪恶与羞辱的十字架上。

请直面你当下的内心深处，可曾有一点点悲凉，或是同情？对这纵身一跃的高中男生，对这以为恩怨终了的父亲。还有，那个倒在变态杀人凶手之下的高中数学老师？

另外一场游戏，决定了一位律师的生死。

年轻女大学生，路见老人倒地，伸手扶起，事后被老人与她儿子共同讹诈。这位精英阶层的金牌律师，帮助老人打官司，法庭宣判女大学生承担百分之四十民事赔偿责任。如此审判结果，恶人不得惩，善良被践踏，民众心荒凉。

选谁呢？老人与她儿子、法院法官、陪审团，还是律师？

游戏选中这个肉脸律师。

游戏参与者达到十万人，杀人者将引爆现场，取走律师性命。

十万，六位数。红色数字剧烈闪烁跳动。

律师胸前绑着计数器。每一只看不见的手，轻轻地点击，数字便在他胸前剧烈跳动。鲜艳的血色，惊悚。八万，九万，十万！数字狰狞着向上跳动。

那些跳动的数字背后，有退休的老人、闲适的主妇、逃学的孩子、间隙里打个盹儿的白领……在家里、窗户边、马路上，跷着二郎腿坐在咖啡馆。随手点开手机，滑动屏幕，漠然点击。

正义的投票，好奇的游戏，无聊的恶搞……

一场毫无胜算的比赛。十分钟后赶到的排爆队员，赶上现场爆炸后的一片狼藉，倒塌的房屋、沉陷的路基、扭曲的车子……

还有，灰飞烟灭的律师！

他说："告诉我妈妈，我没有那么坏！"

十万人，谁会听见？

变态杀手终被严惩，方木还是活下来了。

每一个乖孩子总能在平安夜收到圣诞老人的礼物。

那些没有头绪的鼠标与键盘，下一个，又会指向谁？

完成爱情

——观影森田芳光的《失乐园》

　　没有看过原著，不敢轻易做评论。有时还顶着"小黄书"的帽子，落笔实在很困难。几年前看过这部电影，唯美，舒缓，安静，也压抑，却忘记了本身是一个婚外恋的题材，结尾殉情方式让人觉着有点突兀，如此而已。昨晚逛书店时，渡边淳一的《失乐园》原著赫然摆放在柜台醒目处。爱情，从来都是文学作品中的重要题材，是人类关系中亘古不变的母题。为什么这部作品与影片深受关注？可能，它正触及了现实生活中很常见却装作看不见的两个话题：婚姻中的爱与爱情中的性。

　　多少爱情故事结束于婚姻的开始，"从此，他们幸福地生活在一起"。这种泛滥的结局方式引起众人皆大欢喜。围墙之内，再谈爱情，就是耍流氓了，要么是离婚的理由，要么是出轨的借口。婚姻里，谈责任，谈义务，谈担当，才是正经人的正当事。爱情本是婚姻关系中最重要的维系纽带，为什么我们一致选择了讳莫如深、偷换概念、顾左右而言其他？

爱情，从来不是一锤子买卖，不是一次完成终身有效的东西。它会变，就像年少时深爱的小说，人至中年可能弃之如敝屣。婚姻却是一种固体，稳定是它的常态。所以，婚姻中的爱情，不可说，不好说。影片中每一个成年男女，大都处于婚姻关系中。本也是常态。人至中年，还孤身晃荡，才是受人侧目的怪诞了。只是那些正面描写或侧面烘托的婚姻，都有怎样的面目呢？男主久木是一家出版社的高管，年过五十，还风度翩翩，虽无万贯家产却也殷实富足，正值一个男人成熟稳重从容有历练的好年华。独生女儿也已成家立业，人生所要承担的责任担当渐已完成。作为设计师的妻子温柔贤淑，风韵犹存。在外人看来，这一对夫妻，应该很美满吧。只是，走进家门的久木，西装革履，小心翼翼，程序化的问候、太标准的微笑，就像从不迟到早退的有轨列车，让人看着实在是累。两人相敬如宾——有空间、有尊重、有客气，却没有亲密。一如这个家庭内部的装饰，灰黑沉稳的墙体，井然有序的摆设，一尘不染的家具，干净、整洁、规矩到就像没有住人，全是空荡荡的冷清与化不开的寂寞。这个家，什么都有，却缺少一点儿什么。当初的他们，也是因为爱情走进这座围城的吧。是长久的岁月冲刷了分明清澈的目光，还是庸碌的日常消磨了初见时的欢喜模样？

女主凛子身材娇小，眉目清秀，一头浓密的齐耳短发一边拢在耳后，露出柔软耳郭与细密绒毛，直直盯着你看的大眼睛中闪着处子般的安静。全职太太，周末在一家培训机构兼职讲授书法。丈夫是一位有名望医生，年过四十，工作勤奋，收入好，地位高。外人看来，也是一道风景啊。只是，医生只有繁忙工作与刻板生活。医生眼中的凛子，是一位该言听计从、招之即来挥之即去的全职保姆。她的身体、她的心灵需要什么，无人倾听。妻子，是医生一项必要的人生道具与标准配置。站在医生丈夫面前的凛子，规整、拘谨、木讷，一如她所教授的印刷字体。或者，当初走进婚姻，可能因为爱情，可能无关爱情。只是他要婚娶，她也该嫁人，适合的年龄，适宜的门第，他人都觉得很般配。于是，他们就结婚了。可以是他，也可以是另一个他。

凛子的母亲，这个在影片中只出现两次的女人，有着一张司空见惯的中年妇人的脸。她在故事中戏份不多，言语更少，却用最老辣的生活阅历，一眼击穿了凛子出轨的印记。仓皇之间，凛子告诉母亲，她有自己的爱人，是自己的初恋。她的母亲，这个凛子最亲密的人，直直地盯着她："这口吻，多么像你的父亲。""荡妇。"嘲弄，怨恨，好像积攒多年的愤懑找到了一处出口，扑棱棱向着凛子冲去。这个将"荡妇"扔向自己女儿的女人，曾经有一段怎样的婚姻？凛子有一个远走高飞的父亲，带着另一个女人。在她看来，那个带走她丈夫的女人是一个荡妇——这个称谓羞辱了婚姻外的爱，还是爱情中的性？她一定永远无法理解丈夫对于"荡妇"的渴望与追求。

影片中久木的同事们，那些循规蹈矩的中年男人，看起来个个工作勤勉，生活严谨，是对家庭负责，对工作有担当的道貌岸然的好男人。只是在茶余饭后也最热衷谈论怎样的中年男人最受姑娘喜爱之类的话题，等待办公室小妹答案的那一刻，个个心旌摇动、风度尽失。在这些人背后的婚姻是什么？是本性的枷锁，是人生的道具，如果没有道德舆论，工作考量，婚姻是不是一件盛夏时节急于脱去的旧棉袄？

没有爱情的男女关系，即便包裹着婚姻外壳，同在一个屋檐下仍是天南海北的距离。爱情，是一种本能的需求吗？是一个人不惜时间、不惜精力也要全力以赴的冲动，无关年龄，无碍身份。人人都在谈论爱情，可是谁又见过爱情的样子。爱情，是两者身体与心灵上的高度默契，而这种身心的契合可遇不可求，有些人可能一辈子都没有遇上，或者早已失去了遇上的能力。所以，三十八岁的凛子与五十岁的久木，婚姻内的她和他，开始一场惊天动地的初恋。

爱情是身体与心灵的结合，是生生死死的永不分离。这个五十岁的男人，与三十八岁的女人，遇到了爱情，遇到了初恋，就用飞蛾扑火的样子，在一片冰天雪地中，将身体与天地融为一体。一段画外音，回顾他俩的一生，交集着两人的人生历程：童年，青年，中年……似乎，生命的开始与行走，只为遇见你，爱上你，最终完成了爱情，完成了生命。

活着，还是存在

——娜塔莉·巴比特的《不老泉》书籍、影片赏析

很多改编自原著的影片往往吃力不讨好。有一千个读者就有一千个哈姆雷特，每个人心目中都有自己对作品原型的期待与底线。那些从影片中走出来的鲜活人物，常让深情的读者因为巨大心理落差而深感失望。

美国作家娜塔莉·巴比特经典魔幻小说《不老泉》，经迪士尼公司精心制作被搬上荧幕，我认为是一次成功的改编。

薄薄的一本童书，设置一个非常态场景，探讨生命存在的意义——一个极具哲学思辨色彩的话题。故事简单，线索简单，内涵却绝不简单，是一部很适合青少年阅读的哲学启蒙书。只是，相对文字表达上的简洁与厚重，影片的叙述方式更加丰富与具象，细节上恰如其分的加加减减，也让故事矛盾冲突更剧烈，人物性格特点更鲜明，以"情感"作为主线索的发展模式也使剧情有了更动人的力量。

原著围绕一股泉水展开。林子主人的独女，十二岁的

温妮，无意中闯入房屋后的一片丛林，进入了塔克的家，发现不老泉的秘密，进而理解因这股泉水给这个家庭带来的诅咒与福音。一个身份神秘的黄西装男人，常年追寻这个家庭的踪迹，妄想拥有不老泉使之成为牟利工具。作品主旨借助老塔克与温妮对话，直接讲述永远不死的痛苦与生命存在的意义。文字清浅，意蕴深刻，值得反复阅读与咀嚼。

只是，作者借助老塔克之口，用大段文字来表述她的生命价值观，略显突兀，让阅读者难免有被说教的意味。而影片则从多个角度来铺陈，循序推进主人公情感、情绪与认识上的变化，显得更自然更从容一些。

影片以温妮与杰西的恋情作为主线，将原著中十二岁的温妮设定为十五岁，与十七岁的杰西在森林中意外相遇。因为害怕泉水秘密被泄露，杰西的哥哥迈尔斯不得不将温妮"绑架"回藏匿在林子里的家中。影片借温妮的视角，表现梅的温柔善良、老塔克的敦厚与智慧。而林子中自由与自然的生活方式，也与温妮那个规矩刻板的贵族家庭形成了鲜明对比。杰西带着温妮在田野间奔跑，在花丛间跳跃，与小动物对话；攀上丛林巅峰，俯瞰绿树葱茏，遐想千里之外的埃菲尔铁塔。歇坐在岩石上，投身于溪流中；夜宿篝火旁，聆听鸟虫鸣……那些象征着世俗世界种种繁文缛节的物件，网纱帽、复古裙、束胸衣……都被一一除去，少女温妮披散长头，光着脚丫，和着大自然的节拍，不由得翩翩起舞，忘乎所以。两颗年少的心首次体验到爱情美好与生命活力。

直到，黑暗中出现的迈尔斯揭开了这个家庭困境与不老泉奥秘。

故事是表现人物性格最好的载体，将爱情作为主线的影片，使得人物形象更加立体与饱满。杰西的阳光、开朗、热情而奔放，映衬着迈尔斯的沉默寡言、深沉而悲观。而温妮，作为从小过度保护与宠溺的富家独女，则善良沉稳同时又有渴望自由的强烈愿望，影片中温妮多次站在院中铁栅栏旁眉头紧锁眺望远方的镜头，具象表现出女孩身受礼教桎梏的现实。

探讨一个深奥的哲理，也可有着感人的力量。杰西与温妮分离的那一刻，他们许下永远相爱的誓言。杰西说，等风头过去，他要回来找温妮，喝下不老泉，周游世界，永永远远在一起。

然而，喝还是不喝，这是一个难题。温妮的选择，从某种程度上也寄托了作者对待生命的态度。对于活着的渴望、害怕疾病的痛苦、恐惧死亡的到来，这是每一个生命从降生开始就伴随的阴影，终身无法逃脱。无论是王侯将相还是寻常百姓，死亡都是最公平的游戏。历史真相或荒诞小说已经编撰太多这样的故事，反复着人类愚蠢又执着的挣扎。故事中的"黄西装"，就是这样一个普通心态的极端代表。因为从祖母口中得到一点儿零星信息，从此开始了漫长的追寻之路，终致心灵扭曲，命丧黄泉。

因为不老泉而被甩出了生命轮回的迈尔斯，眼睁睁看着十五岁的小女儿被疾病夺去生命，心爱的妻子孤独终老在精神病院，儿子也不知所踪……身边亲人的离散，让迈尔斯即便拥有更多的时间——或者说完全超越了时间轨道，也无法体会生命存在的乐趣。沉迷在赌场，或是辗转在战场，以此来麻痹自己疼痛的神经，惩罚这永无止境的肉体生命。生命能够无限，相爱能否长久？

树桩村口的温妮一家，与隐藏在树林间的杰西一家，代表着两个不同的世界。一个处在时间中，一个超乎时间外。一台行走的时钟，锃亮，光洁；一台停止的时钟，锈迹斑斑，蛛网遍布。时间之外的空间，自然，从容，闲适；然而身后无穷无尽的漫长，同时写尽了存在的孤独与无所依傍。时间之内的世界，规则，富足，文明；但无所不在的世俗与偏见，也让那些看似体面的生活总在雷池边缘漫步。生命是一场戴着镣铐的舞蹈，只是看上去很华美。

影片中还安排了一个人物的去世，这是原著所没有的，那就是温妮的外祖母。在这个贵族阶层的家庭中，温妮母亲是一个冷漠高傲矫情的贵妇人，终身守护着这个阶层的繁文缛节，就像她那纹丝不乱的盘发与紧紧包裹着细长脖颈的衣裙。端庄、克制，是她这个阶层最具教养的表现。即便是女儿失踪，她也还挺直脊梁端坐在钢琴前弹奏曲子，不可失态。然而，面对母亲的去世，这个刻板又做作的女人，独自站立在院子栅栏前，眺望着前方丛林一片，陷入深深孤苦与痛楚之中。温妮来到母亲身旁，这个装作坚强的母亲，对她微微一笑：我很好奇你为什么那么喜欢这片森林？

在女儿的凝视下，戴在脸上的傲慢与倔强刹那崩塌，面容凄凉，泪如雨下："我真的很想念她。"她拥抱着温妮，像个无助的孩子。"我好像也快要失去你了。原谅我，我只想留住我的小女孩。"一瞬间，坐在屏幕前的我，泪水夺眶，不能自已。母亲老去，女儿长大，亲友离散……我，你，还是他，都是时间长河中的事物，从生命降临的一刻开始，便注定了不断失去的历程……生命本身，长长短短，乃至无限，唯有一个"情"字，无法超越，如此动人。

影片结尾处，还是骑摩托车的少年，取下头盔，露出一张英俊的脸，他是杰西。他来奔赴与温妮的约定。寂静别墅前，没有人。穿过丛林，大树下的不老泉前，掀开草丛，露出一块墓碑，上面刻着：温妮·福斯特，1899—1999，永远的妻子，永远的母亲。墓碑静默，寥寥信息，概括温妮的一生历程。她选择留在生生不息的轮回中，成为妻子，生养孩子，经历生老病死，享受深情的爱，承受离别的痛，度过平凡一生。终身守护一个不老的秘密，也终身怀念一份不灭的爱情。

活着，还是存在，温妮做出了自己的选择。

《不老泉》原著与影片各有所长。影片能够借助生动具象的画面、色彩、声音来表达创作者的理解。文字，静默的文字，用最简洁的方式，留给读者无限的想象空间。两者以不同方式，诠释活着的意义：生命有限，真爱无尽。

图书在版编目（CIP）数据

时间的图像 / 章秀平著．—北京：中国民族文化
出版社有限公司，2020.6（2025.1重印）
　　ISBN 978-7-5122-1326-5

　　Ⅰ．①时… Ⅱ．①章… Ⅲ．①散文集－中国－当代
Ⅳ．① I267

中国版本图书馆 CIP 数据核字（2020）第 037330 号

时间的图像

作　　者　章秀平

责任编辑　王　华

责任校对　李文学

出　版　者　中国民族文化出版社　地址：北京市东城区和平里北街14号
　　　　　　　邮编：100013　联系电话：010-84250639　64211754（传真）

印　　装　三河市同力彩印有限公司

开　　本　889mm×1194mm　1/32

印　　张　8.75

字　　数　132.8千

版　　次　2020年8月第1版　2025年1月第2次印刷

标准书号　ISBN 978-7-5122-1326-5

定　　价　48.00元